W0195551

Olivia Ruiz

In einer Nacht ein ganzes Leben

Roman

Aus dem Französischen von
Corinna Rodewald

HarperCollins

Die Originalausgabe erschien 2020 unter dem Titel
La commode aux tiroirs de couleurs bei JC Lattès, Paris.

Die Arbeit der Übersetzerin am vorliegenden Text
wurde vom Deutschen Übersetzerfonds gefördert.

1. Auflage 2021
© by Olivia Ruiz
Deutsche Erstausgabe
© 2021 für die deutschsprachige Ausgabe
by HarperCollins
in der HarperCollins Germany GmbH, Hamburg
Gesetzt aus der Stempel Garamond
von GGP Media GmbH, Pößneck
Druck und Bindung von CPI books GmbH, Leck
Printed in Germany
ISBN 978-3-7499-0149-4
www.harpercollins.de

*Für meine Eltern, meinen Bruder
und meine gesamte Familie.*

Für Nino.

Schweigen und sich verzehren ist die größte Strafe,
die wir uns auferlegen können.

FEDERICO GARCÍA LORCA

Die Entwurzelung bewirkt für den Menschen
eine Frustration, die seine Seele
auf die eine oder andere Weise lähmt.

PABLO NERUDA

INHALT

Prolog

Die Möbel haben wir zur Seite geschoben, Opa und ich, und die ganze Nacht getanzt, unter Tränen, das hat uns gutgetan. Irgendwann ist meine Tochter Nina aufgewacht und hat mitgetanzt. Wir haben sie bereits heillos mit unserem Virus angesteckt. Heute Mittag mochte ich Opa dann kaum allein lassen. Jetzt, da meine Großmutter tot ist, bleibt ihm nichts mehr.

Zu Fuß, keuchend, komme ich auf dem Montmartre an, unter einem Arm meine Tasche, auf dem anderen meine schlafende Tochter. Ich bin so erschöpft von meiner Trauer, dass ich mir plötzlich vorkomme wie meine Großmutter, als sie vor achtzig Jahren die Pyrenäen überquerte. Zitternd. Verloren. Um ihre Heimat gebracht. So wie ich von nun an um ihre Gegenwart gebracht bin.

So viele Menschen sind gekommen, um ihr die letzte Ehre zu erweisen, mein Großvater und ich kannten nicht einmal die Hälfte der Trauergemeinde. Was für Geheimnisse diese Schlawinerin wohl mit ins Grab genommen hat … Dass die beiden ersten Plätze in ihrem Herzen uns vorbehalten gewesen waren, machte Opa und mich umso stolzer.

Mir tun die Beine weh. Die Stufen zum Sacré-Cœur scheinen sich verdreifacht zu haben, so wie an den Abenden, an denen ich betrunken nach Hause komme. Ich bleibe stehen. Ein Weg entsteht, wenn man ihn geht, wie Abuela immer sagte.

Ich öffne die Tür zu meiner Wohnung, schalte das Licht ein, und da steht sie. Die Kommode. Bei mir zu Hause. Mitten im Wohnzimmer. Was gleichermaßen bedeutet, mitten in der Küche. Selbst nach ihrem Tod lässt der Zauber meiner Großmutter nicht nach. Dieser Gedanke bringt mich zum Lächeln. Und zum Weinen. Dann zum Begreifen. Was soll ich mit dieser verdammten Kommode nur machen? Dreißig Quadratmeter, das reicht für Nina und mich. Aber dreißig Quadratmeter mit der Kommode zu teilen, das wird schon schwieriger.

Ich war vier, als das rätselhafte Objekt unserer Begierde im Haus meiner Großmutter auftauchte. Die Erinnerung an dieses Ereignis ist noch so frisch, als wäre es gestern gewesen. Wie oft haben meine Cousins und ich versucht, unsere Nase in die Kommode zu stecken, in fieberhafter Erregung, als würde der Schubladenregenbogen uns anziehen wie Quatschmagnete: die kleinen Schlüssel an jeder einzelnen Schublade, die nur danach schrien, gedreht zu werden, die vergoldeten Metallbeschläge an den

Ecken, die sie für uns zu einer uneinnehmbaren Festung machten. Aber jedes Mal stieß unsere Oma einen der schrillen Schreie aus, die ich bis heute nur von ihr kenne und die uns radikal abschreckten. Dann machten wir uns blitzschnell aus dem Staub. Oft mündeten diese gescheiterten Versuche in einem großen Familienrat, bei dem wir, die junge Generation, uns unsere sagenhafte Omathologie ausdachten.

»Und wenn in der gelben Schublade ein Foto von mir und meiner siamesischen Schwester liegt, die gestorben ist, als wir getrennt wurden? Das würde meine Narbe oben am Kopf erklären …«

Mein kleiner Cousin Maxime hatte eine Theorie zur blauen Schublade: »Ich glaube, ich weiß, welches Geheimnis Abuela da drin versteckt hat: Eigentlich bin ich der Bruder von Yannick und nicht sein Cousin. Da muss doch irgendwas sein. Ich sehe ihm viel ähnlicher als dir. Und weil Mama bei deiner Geburt Komplikationen hatte, konnte sie danach bestimmt keine Kinder mehr kriegen, und deswegen hat sie mich geschenkt bekommen, als Trost.«

Unsere Fragen zur Kommode blieben jedoch unbeantwortet. Um die Abuela dazu zu bringen, mir ihren kostbaren Schatz zu offenbaren, versuchte ich meine Position als Lieblingsenkelin auszuspielen. Voller Stolz nannte sie mich ihre »Sonnenblume«. Doch da war nichts zu machen. Es war immer meine Großmutter, die bestimmte, die die Zügel in der Hand hatte. Es ist wie mit ihrem Essen: Zuerst ist die Verlockung unwiderstehlich, sie überrumpelt dich, und dann hat ihr scharfes Temperament dich in seiner Gewalt. Aber nach dem Essen hast du noch einen köstlichen Geschmack im Mund, und das ist beruhigend, denn es gibt dir das Gefühl, innig geliebt zu werden.

Auf diesen Augenblick habe ich so lange gewartet, dass ich jetzt, da ich ihn erlebe, beinahe umkomme. Nachdem meine Geduld unzählige Jahre auf die Probe gestellt wurde, erfahre ich nun endlich, weshalb Abuela so viel Aufhebens darum machte, die Geheimnisse, die in diesen zehn Schubladen schlummern, vor uns zu verbergen. Sie nannte sie ihre Erinnerungskapseln.

Ich habe meine Tochter ins Bett gebracht. Sie ähnelt ihr so sehr. Hoffentlich werde ich eine genauso gute Mutter wie Abuela es für mich war. Ich habe eine Platte von Ennio Morricone aufgelegt. Abuela. Alle nannten sie so. Mit ihren dunklen Augen und dem dunklen Teint passte das gut zu ihr: die Abuela. Il Padrino. La Abuela. In meiner Familie jedenfalls nennt man die Großmutter von Generation zu Generation Abuela.

Als ich mir einen Tee kochen will, schiebe ich mich an der Kommode vorbei. Unvermittelt kommen mir die Tränen, unvermittelt legt sich ein Lächeln auf mein Gesicht, wie zwei Tischnachbarn, die sich nicht verstehen. Ich spüre es in den Fingerspitzen, ich bin wieder acht Jahre alt, diese Palette an Gefühlen, die von einem fiebrigen Sehnen bis zu dem wehmütigen Bewusstsein reicht, am Beginn eines neuen Kapitels zu stehen. In mir röhrt es wie der Motor einer Harley. Ich reiße mich zusammen.

Wenn sie eines nicht ausstehen konnte, dann Gefühlsduselei. Ich habe sie niemals weinen sehen, und ich wusste, dass sie sich vor allem für mich wünschte, dass ich stark war, unerschütterlich, wie sie. Was ich auch war. Beinahe. Was ich gern gewesen wäre.

In unserer Familie redete man viel, laut und vor allem mit dem Ziel, einander nichts zu sagen. Das einzige Mal, dass sie auf eins meiner »Ich hab dich lieb« reagierte, sagte sie: »Wir haben dich auch gern.« Ein vollkommener Reinfall. Trotzdem habe ich nicht aufgehört, es ihr zu sagen. Irgendwann gefiel mir diese Einbahnstraße sogar. Es verging keine Sekunde, in der ich nicht spürte, wie ihre Liebe mir entgegenströmte. Worte und Zärtlichkeiten waren nicht nötig. Oder aber sie bedachte den Hund damit, streichelte ihn und sah dabei mich an. Er gab die Streicheleinheiten anschließend bereitwillig an mich weiter, so lag eine gewisse Logik darin.

Die riesige Kommode aus massiver Eiche hat zehn Schubladen. Drei mal drei, nicht exakt ausgerichtet, und darunter, für sich, eine kleinere rosafarbene. Meine Faszination für Verbotenes hat mit den Jahren nicht abgenommen, es kommt mir vor, als würde ich mit dem Feuer spielen. Ich betrachte die zehnte Schublade, die kleinste, die, die dort nichts zu suchen hat. Die geheimnisvollste.

Ich habe keine Kontrolle mehr über meine Hand und klammere mich an den Schlüssel wie jemand, der in einen Abgrund stürzt und versucht, sich an einem Ast festzuhalten. Mir wird schwindelig bei dem Gedanken an das, was ich gleich entdecken werde. Langsam drehe ich den

Schlüssel um, ziehe die Sekunden in die Länge, ehe sich der Schleier endgültig hebt.

Die Schublade ist bis obenhin gefüllt, das spüre ich unter meinen feuchten und zitternden Händen. Von der Halskette aus Nudeln bis zum Aschenbecher aus Salzteig, keines meiner Meisterwerke fehlt. Sie hat absolut alles aufgehoben, was ich jemals für sie gebastelt habe. Ein Festival der Abscheulichkeiten, aufbewahrt, als handelte es sich um Schätze. Erinnerungen kommen hoch. Ich stehe auf und gehe im Zimmer auf und ab. Als wäre ich noch nicht bereit, die große Reise anzutreten. Die rosafarbene Schublade mag vorerst genug verraten.

Ich ziehe ein Foto von mir und meinen Cousins hervor, das uns vor dem Wohnwagen zeigt, den Opa und Abuela jeden Sommer auf dem Campingplatz von Narbonne-Plage mieteten. Unser Lausbubenlächeln und die Lebensfreude auf unseren Gesichtern beleben das vergilbte Papier. Wir waren glücklich. Wir hatten keinerlei Probleme damit, Kopf an Fuß, natürlich mit ihnen zusammen, im Bett unserer Großeltern zu schlafen. Im Gegenteil: Es war jedes Mal ein Drama, wenn einer von uns zu groß wurde und aufs Feldbett umziehen musste, um seinen Platz an einen Jüngeren abzutreten. Abuela und Opa waren unser Leben. Ganz besonders mein Leben. Als Kind fühlte ich mich bei ihnen rundum behütet. Ich hoffe, dass auch ich ihnen dieses Gefühl vermitteln konnte, als die Jahre begannen ihnen zuzusetzen.

Abuela war der Zement in unserer Familie. Vielleicht tat man uns auch keinen Gefallen damit, uns alle im Café in Marseillette in einen Block aus Beton zusammenzugießen. Doch wenn die Abuela entschieden hatte, dass etwas gut für dich war, blieb dir kein Spielraum. Am besten fand man sich damit ab. Es ist schließlich nicht verkehrt, einer Sippe anzugehören.

Aus dem Augenwinkel schiele ich zur Kommode hinüber. In einer Ecke der rosafarbenen Schublade entdecke ich einen Umschlag, darauf erkenne ich die akkurate Handschrift meiner Großmutter. Und wenn es davon noch mehr gibt? Allmählich beginne ich zu verstehen.

Jetzt muss ich es angehen: bei der ersten Schublade anfangen auf die Gefahr hin, dass ich nicht aufhöre, bis der Morgen graut. Ich habe die Platte von Morricone umgedreht. Ich setze mich vor die Kommode mit den bunten Schubladen.

Nun ist es an uns beiden, Abuela. Überrasch mich. Wieder einmal.

1.

Das Taufmedaillon

Hier hast du mein Taufmedaillon, *cariño*, meinen einzigen Begleiter auf der Reise, der »etwas wert« war. Ich sollte es hüten wie meinen Augapfel, hatte man mir eingebläut, und so fühlte ich mich reich, weil ich es bei mir trug. Ich stellte mir vor, dass es mir aus jeder Lage heraushelfen würde, sobald ich es verkaufte.

Für die damalige Zeit war ich spät getauft worden. Meine Eltern und ihre lästige moderne Einstellung! Sie wollten abwarten, bis ich mich selbst für einen Gott entscheiden konnte. Zum Glück mischten meine Großeltern sich ein, denn ich wollte unbedingt so sein wie die anderen, wie die Menschen um mich herum, anerkannt und beschützt vom selben Gott wie sie, von keinem anderen. Am Tag meiner Taufe benahm ich mich so ernst, was sage ich, so feierlich, dass es meine Mutter unheimlich rührte und meinen Vater unheimlich erheiterte. Ich trug ein hübsches Kleid aus weißer Seide. Meine Familie besaß ein paar Felder mit Maulbeerbäumen, auf denen wir Seidenraupen züchteten, deswegen kamen die Weber uns bei besonderen Anlässen entgegen. Einmal verwüstete mein Großvater eines seiner Felder, als er sich aus den Zweigen seiner Maulbeerbäume Flügel bastelte. Er hatte uns alle zu seinem Jungfernflug eingeladen … und zu seiner Bruchlandung! Er machte keine Bekanntschaft mit dem Himmel, sondern mit fürchterlichen Schmerzen in der rechten Hüfte, die ihn sein Leben lang begleiten sollten. Aber das, *mi cielo*, ist eine andere Geschichte.

Auf meinem Medaillon siehst du das Bildnis von Sankt Christophorus, dem Schutzpatron der Reisenden. Es ist schon komisch, denn das Exil war mein erster Schritt aus Spanien heraus und Frankreich mein letztes Reiseziel. Von wegen Globetrotterin! In der Woche vor unserer Abreise nähte meine Mutter winzige Taschen in jede unserer Unterhosen. »Rita, nachts bindest du dir dein Medaillon um den Hals oder um dein Handgelenk, und morgens steckst du es in das Täschchen in der frischen Unterhose. So ist das Medaillon immer bei dir, und keiner kann es dir wegnehmen. Sobald die Republikaner gewonnen haben, kannst du es wieder tragen, ganz ohne Angst.«

Angst wovor? Um das zu fragen, blieb mir keine Zeit. Mama wusste doch genau, dass ich noch nie vor etwas Angst gehabt hatte. Darin ähnelte ich ihr und meinem Vater. Und in einen Zug nach Frankreich zu steigen war auch nicht verrückter, als nachts in den Wald zu schleichen, um den Widerstand zu organisieren. In jener Zeit spielten wir Kinder nicht Cowboy und Indianer, sondern

Franquisten und Republikaner. Alle wollten Kommunisten, Anarchisten oder Sozialisten sein, denn die gewannen am Ende immer. Ja, sie alle bildeten die Republikaner, sämtliche Strömungen der Linken mit demselben Bestreben in völlig relativem Einvernehmen gegen Franco vereint.

Meine Eltern liebten einander ebenso sehr, wie sie ihre Partei und ihre Heimat liebten. Sie waren der Sprache, der Lebensweise, den Bräuchen verpflichtet, aber auch dem Kampfgeist, der an Wahnsinn grenzenden Radikalität und dem Mut. Niemand hätte ihnen das nehmen können. Meine Mutter wiederholte ständig, dass jeder Herr über sein Schicksal sei. Bei jeder Gelegenheit brachte sie diesen Leitspruch an. Es konnte eine angeregte Diskussion beenden und den Zuhörern die Sprache verschlagen oder ebenso gut eine Tischgesellschaft beleben, wenn es an Gesprächsstoff mangelte. Und weil sie bei ihrem berühmten »Jeder ist Herr über sein Schicksal« immer einen ganz besonderen Ton anschlug, fühlten meine Schwestern und ich uns unbesiegbar.

Seit einigen Wochen schien die Unverwundbarkeit der Sippe erschüttert. Mama und Papa gingen nicht mehr auf die Straße, ohne sich nach allen Seiten umzusehen. Wir zogen nach Barcelona zu Angelita und Jaime, zwei alten Freunden. Meine Eltern arbeiteten nicht mehr, verließen kaum noch das Haus, sondern verbrachten immer mehr Zeit damit, Schriften zu verfassen und Versammlungen zu organisieren. Mehrmals täglich brachten Straßenkinder für ein oder zwei Münzen Dokumente vorbei und holten andere ab. Meine Schwestern und ich gingen nicht mehr zur Schule. Einige Kinder waren entführt und in Indoktrinierungslager im Schandviertel von Alicante gebracht worden, wo man ihnen das Gehirn zermalmte und ihnen ein neues, das im Dienste des »Führers« stand, einsetzte. Lieber sterben!

Eines Abends im Januar, wir kamen gerade mit den Taschen voller Bonbons vom Umzug zum Día de los Reyes nach Hause, schaltete Papa, kaum war er zur Tür herein, das Radio an, so wie immer. Die Stimme aus dem Apparat sprach von einem Projekt, von einem Massaker, von Blut, von Barcelona, und Papa sagte, es sei an der Zeit, uns in Sicherheit zu bringen. So wie er die Lage einschätzte, blieben uns keine drei Wochen, um zu handeln. Wir sollten uns keine Sorgen machen, wir würden zurückkommen, sobald Papa und Mama Francos Regime gestürzt hätten. Wir würden nach Frankreich gehen, das sei nicht weit, und dort gebe es weder Bombenangriffe noch einen Diktator, es werde uns gut gehen. Angelita und Jaime würden uns auf der Reise begleiten und uns bis zu unserem Onkel, unserem *tío* Pepe bringen, der seit zwanzig Jahren in Narbonne lebte, am Meer. Wir hatten nie zuvor von *tío* Pepe oder von Narbonne gehört. Nie zuvor von Frankreich oder gar Französisch. Nie zuvor unser Land verlassen. Und all diese Nie-zuvors schreckten mich nicht, denn trotz der Dringlichkeit der Lage hatten sich meine Eltern bemüht, das Szenario, das uns erwartete, zu beschönigen. Ist es nicht besser, man glaubt an den Weihnachtsmann und ist traurig, wenn man erfährt, dass es ihn nicht gibt, als dass man niemals in den Genuss kommt, endlos von ihm zu träumen? Das hier war vergleichbar. Es war eine Lüge aus Liebe, zu unserem Schutz, damit wir zumindest durchhielten, bis wir in Narbonne ankamen.

Die müden Mienen unserer Eltern auf dem Bahnsteig hätten uns warnen sollen. Auf sie war im ganzen Land und darüber hinaus ein Kopfgeld ausgesetzt worden. Verurteilt hatten sie entschieden, ihrem Leben gemeinsam ein Ende zu setzen. Wer weiß, ob noch andere je so eine Liebe erlebt haben.

Meine Schwestern und ich schlugen uns so gut es ging durch. Erst in Narbonne schloss deine Großtante Leonor als Älteste den Koffer auf und fand den Brief von Papa und Mama. Während sie ihn las, spiegelte sich eine Flut von Emotionen auf ihrem Gesicht. Ich werde ihren Ausdruck niemals vergessen; erst die Wut meiner Mutter, dann die Undurchdringlichkeit meines Vaters. Leonor behielt das Geheimnis für sich, bis Carmen alt genug war, um es zu verstehen. Oder besser gesagt, bis Leonor befand, dass Carmen und ich alt genug waren, um es zu verstehen. Erst jetzt, da ich es dir erzähle, kann ich ermessen, wie zäh meine Schwester war. Sie war so streng zu uns und ich so gefangen in meiner jugendlichen Wut, dass ich es ihr oft verübelte, und das war ungerecht von mir. Leonor war sechs Jahre älter als ich, Carmen vier Jahre jünger. Ich war zehn. Ja, ganz genau, als wir unsere Eltern zum letzten Mal umarmten, waren wir sechs, zehn und sechzehn Jahre alt.

Der Zug brachte uns nicht ganz bis nach Narbonne. Wir wurden in Girona abgesetzt, den Rest sollten wir zu Fuß zurücklegen. Unsere Plätze mussten wir für die Milizen räumen, die auf Razzia in die Grenzdörfer fuhren. Aktive Republikaner, die versuchten, das Gebiet zu verlassen, wurden verfolgt, verraten und verkauft. Und wenn im Gefängnis Platz geschaffen werden musste …

Damals verstand ich das alles nicht. Als Leonor bemerkte, wie beunruhigt Carmen und ich waren, erinnerte sie uns daran, dass das Ganze nur vorübergehend war und die bösen Franco-Anhänger schon bald von den guten Republikanern zurückgedrängt werden würden. Und weil schließlich am Ende immer die Guten siegen … Zack, Problem gelöst, »*tranquilo, nenas*, gute Nacht.« – »Na gut, wenn es bald vorbei ist … Gute Nacht.« Es ist so leicht fortzugehen, wenn man nicht weiß, dass es womöglich für immer ist.

Wie sehr es sich zu Beginn nach Freiheit anfühlte! Wie euphorisch Carmen und ich waren! In diesem Februar schien die Sonne, als wäre schon Sommer. Wir begaben uns auf Entdeckungsreise in eine neue Welt, und Hunderte von Kindern in unserem Alter liefen mit uns zusammen über die Pyrenäen. Für Leonor war es natürlich etwas anderes. Sie war konzentriert, sie wusste, was uns erwartete, oder ahnte es zumindest. Die anderen ebenfalls. Der Kontrast zwischen den Erklärungen meiner Eltern und den von Sorge gezeichneten Gesichtern, aus denen sich unser Zug zusammensetzte, brachte mich zum Grübeln.

Auf halber Strecke hatte sich Carmens und meine Aufregung zu einem großen Teil wieder gelegt. Die Kälte machte sich bemerkbar, genau wie die Erschöpfung, und manch ein Schuh hatte keine Sohle mehr. Das Röcheln der Prozession, ein Summen aus dem Weinen der Säuglinge und unterdrückten Klagen, hallte von allen Berghängen wider.

In Le Boulou wurden die Männer von den Frauen und Kindern getrennt. Der Abschied von Jaime war fürchterlich. Angelita war schwanger und schrie verzweifelt. Wir hielten sie mit aller Kraft, um sie zu beruhigen, aber vergeblich. Carmen weinte ebenfalls, ohne dass sie eigentlich wusste, weshalb. Sämtliche Familien um uns herum wurden auseinandergerissen, lösten sich in Tränen auf und bemerkten die beißende Kälte nicht mehr, so heftig stach es ihnen ins Herz.

An der Grenze bekamen wir alle eine Ladung Spritzen verpasst. Niemand fragte nach, was man uns da verabreichte, alle waren inzwischen zu betäubt von Kälte und Hunger. Wir sollten es auch nie erfahren. Meine Schwestern und mich hatte es bei Weitem nicht am schwersten getroffen, Mama hatte vorsorglich dicke Wollsachen in unseren Koffer gepackt und ein neues Paar Schuhe für jede von uns. Doch auch in uns wuchs die Angst vor dem sich nähernden Unbekannten, vor allem jetzt, da der einzige Mann aus unserer Gruppe nicht mehr da war, um uns zu beschützen. Wenn wir doch alle schon bald wieder zurückkehren sollten, warum wurde unsere Truppe von solcher Furcht und Traurigkeit ergriffen? Im Grunde wäre es treffender, von uns als »Herde« zu sprechen, denn die Behörden, französische wie spanische, behandelten uns wie Vieh.

Auf den hundert Kilometern, die wir zurücklegten, brachten uns zweimal Konvois des Roten Kreuzes Wasser und Verpflegung. In Le Boulou überreichte eine alte Frau Carmen eine kleine Schachtel mit *mantecados* und *dedos de bruja*. Seltsamerweise ähnelten sie dem Gebäck meiner Abuela, die ein paar Monate zuvor an Magenkrebs gestorben war. Jedes Mal, wenn meine Mutter gefragt wurde, was die Abuela dahingerafft hatte, antwortete sie mit unterdrückter Wut: »Meine Mutter konnte es nicht verdauen, dass ihr Volk einen solchen Mistkerl ihr Land übernehmen lässt.« Das war alles.

Dieses Argument erschreckte so manchen, denn niemand hätte vermutet, dass man an so etwas sterben konnte. Unsere Abuela war an ihren Überzeugungen gestorben und nicht an etwas, das – ähnlich wie dieser *malparido* Franco – ein immer größeres Gebiet erobert und schließlich, trotz aller Gegenwehr, einfach gewinnt.

Der Glanz der Keksdose spiegelte sich in den freudestrahlenden Augen meiner Schwester. Es war schön, das inmitten dieser Katastrophe zu sehen. Leonor und ich blickten uns mit einem wissenden Lächeln an. Es war das erste und einzige auf der Reise. Sie wollte nicht, dass ich ihre Angst bemerkte, ich wollte mich ihr nicht unterordnen. Schließlich war sie nicht meine Mutter. Carmen weigerte sich zuerst zu teilen. Es war ihr Geschenk. Ganz allein ihres. Und Hunger hin oder her, man musste es hinnehmen. Sie rührte ihren Schatz erst einmal gar nicht an, trotz ihres knurrenden Bäuchleins. Seit Tagen waren wir unterwegs, die *bocadillos* von Mama lagen weit zurück, genau wie die Kekse vom Roten Kreuz.

Während dieser hundert Kilometer alterten wir allerdings um mehrere Jahre, und Carmen teilte ihren Schatz letztlich von sich aus gerecht auf. Leonor und ich bestanden darauf, dass sie ein wenig mehr für sich behielt, unter dem Vorwand, dass sie noch wachsen müsse, so wie Mama es immer sagte, und weil wir ohnehin keinen Hunger hätten. Sie sperrte sich dagegen. Zwei Monate zuvor hätte ich meiner kleinen Schwester schamlos die Hand zerquetscht, um ihr die Leckereien abzuluchsen, und sie hätte sich Unglaubliches ausgedacht, um sie vor meinen gierigen Fingern in Sicherheit zu bringen. Jetzt aber …

Wir waren etwa zu Hundert, doch nur ein paar Meter vor uns wogte ein Meer aus Menschen vorwärts, jeder einzelne davon mutig und verletzlich, behindert von der eisigen Kälte und dem Gewicht des Gepäcks und doch mit einem unbezwingbaren Willen.

Es war schon Nacht, als wir im Lager von Argelès eintrafen. Wie schweinekalt diese Nacht war! Ach nein, entschuldige, wie eiskalt … Ich verstand nicht so recht, womit der riesige mit Stacheldraht eingezäunte Bereich am Strand die Bezeichnung Lager verdient hatte. Ich glaube, ich hatte mir einen gigantischen Campingplatz vorgestellt. Diese weite Sandfläche ähnelte jedoch eher einem Ort zum Sterben: um die fünfzig vereinzelte Hütten, genauso windschief wie das Strohhaus des faulen kleinen

Schweinchens, ein paar Feuerschalen und dicht um sie herum gedrängte Gespenster. Beinahe nichts. Der Leib von Wind und Magenkrämpfen entkräftet, die Seele von Erinnerungen und Verzicht zermürbt.

Vier Krankenschwestern empfingen uns herzlich mit großen Bündeln Jutestoff unter den Armen. Trotz des heftigen Andrangs waren sie für uns da. Was war diese geschenkte Güte für eine warme Wohltat, nachdem wir den ganzen Weg über wie Besiegte behandelt worden waren! Vielleicht hat sich zu diesem Zeitpunkt Leonors Berufung herausgebildet. Jede Familie erhielt zwei Decken, einen Laib Brot und einen kleinen Kanister mit fast gefrorenem Wasser darin. Sie brachten uns in einer Baracke unter, in der bereits über dreißig Personen lagen, wie wir am Ende ihrer Kräfte. Diese französischen Krankenschwestern waren freundlich. Das spürten wir, auch wenn wir von dem, was sie sagten, kein Wort verstanden. Wir bauten uns ein Nest neben einer schwangeren Frau, die einen noch runderen Bauch hatte als Angelita. Sie legten sich nebeneinander, und ich legte mich neben Angelita, damit ich ihr den Bauch streicheln und das Kleine beruhigen konnte. Man hätte die beiden Frauen für zwei Dinosauriereier in einem Nest aus Lumpen halten können. Leonor schnitt das Brot in vier Scheiben, und niemand dachte daran, etwas für alle Fälle beiseitezulegen. Carmen schlief noch beim Kauen ein. Ein Dach über dem Kopf, selbst wenn es kurz davor war, weggeweht zu werden, selbst wenn es darunter nach Menschen roch, die weit gereist waren, hatte die Kleine beruhigt.

Ich träumte die ganze Nacht von Mamas *fideuà*. Ich konnte den *socarrat* zwischen den Zähnen spüren. Das ist die Kruste, weißt du, die sich bei einer Paella am Pfannenboden am Reis bildet und bei einer Fideuà an den Nudeln. Das ist das Beste; gleichzeitig knusprig und durchtränkt vom Saft. Tagsüber hatte ich meinen Hunger so stark unterdrückt, dass er in meinen Schlaf Einzug gehalten hatte. Das Erwachen war umso schwerer.

Mit den ersten Sonnenstrahlen schlug ich die Augen auf. Bei uns zu Hause schlossen wir die Sonne sorgfältig aus, wir flohen vor ihrer erdrückenden Brutalität, und in den Stunden, in denen ihre Wucht unsere Haut bedrohte, verkrochen wir uns in unseren Bau. Aber hier, da die Sonne einen schon mal schützen konnte, anstatt dass man sich vor ihr schützen musste, wenn sie nun eben dieser Kälte trotzen konnte, die uns kleiner machte, und ihr ihre ganze glühende Kraft aufzwingen konnte … *¡Coño!* Da traute sie sich kaum hervor!

Auf einmal fiel mir auf, wie klein Carmen war. Zweiundsiebzig Stunden hatten ausgereicht, um ihrer ohnehin schon zierlichen Gestalt ein kränkliches Aussehen zu verleihen. Meine kleine Schwester war gerade mal sechs Jahre alt, und unter beiden Augen zeichneten sich dunkle Ringe ab. Sie hatte Ränder unter den Augen. Ränder! Das war nicht hinnehmbar. Ich ließ den Blick weiter durch den Raum schweifen und entdeckte ausgemergelte Gesichter, die schief auf abgezehrten Leibern saßen. Seit wann waren sie schon hier? Wie weit waren sie gelaufen, um hier anzukommen? Und weshalb? Bedeutete es wirklich, in Sicherheit zu sein, wenn man fern seiner Angehörigen und seiner Heimat auf einem Teppich aus gefrorenem Sand hockte?

Ich spürte die Wut in mir aufsteigen. Mein Zorn schwoll regelrecht an, auf meine Eltern, auf Leonor, auf ich weiß nicht was, ein Knäuel aus Hass wuchs zusehends in meinem Bauch. Ich glaube, in diesem Augenblick begriff ich es: Nein, es war nicht nichts, nein, es war nicht »mal eben« und auch nicht vorübergehend. Nein. Mein ganzes Leben, das begriff ich, würde mit der roten Tinte dieser wenigen Tage geschrieben werden.

Das Rote Kreuz kontaktierte *tío* Pepe. Um das Lager verlassen zu dürfen, musste ein französischer Einwohner bestätigen, dass er oder sie den oder die Geflüchteten bei sich aufnehmen konnte. *Tío* Pepe erklärte sich dazu bereit, und wir stiegen in den Zug nach Narbonne. Heute bereue ich es. Ich hätte bleiben sollen. Als wir das Lager verließen, hatte ich das Gefühl, ich würde all jene, die dort festsaßen, im Stich lassen. Wäre ich geblieben, hätte ich helfen, mich beteiligen, pflegen, kämpfen können. Ich hatte mich entschlossen, den Anweisungen meiner Eltern zu folgen, meine Haut zu retten, mich zu unterwerfen. Die Scham ließ mich die ganze Fahrt über nicht los, und sie verscheuchte die Freude, die sich in mein Herz schlich bei der Vorstellung, dass ich ein echtes Dach über dem Kopf bekommen würde, an einem uns freundlich gesinnten Ort. Auch heute noch sucht mich dieses unangenehme Gefühl, dieses Schuldgefühl hin und wieder in meinen Träumen heim, und damals begleitete es mich den ganzen nächsten Tag.

Angelita blieb im Lager von Argelès. Sie hoffte, Jaime dort wiederzutreffen, ehe sie abreiste, denn am nächsten Tag sollten Karren die werdenden Mütter nach Elne bringen, damit sie dort ihre Kinder zur Welt bringen konnten. Wir wollten Angelita nicht allein lassen. Wer würde sich um sie kümmern? Eine französisch-spanische Krankenschwester erklärte uns, dass Angelita nirgends besser aufgehoben sei als in Elne. Eine Dame aus der Schweiz richte dort einen Ort ein, an dem Frauen und ihre Kinder geschützt seien. Eine Entbindungsstation, ja, aber noch viel mehr als das. Ein Ort des Friedens. Die Krankenschwester konnte gut erzählen. Oder es lag einfach daran, dass man uns ausnahmsweise einmal die Wahrheit sagte und wir es spürten. Sie besänftigte uns mit dem, was sie erzählte, und das machte uns den Abschied ein wenig leichter. Leonor gab Angelita *tío* Pepes Telefonnummer. Denn, wie meine Mutter zu sagen pflegte, man kann nie wissen. Wie sehr sie doch recht hatte …

2.

Der Schlüssel

Als der Zug in Narbonne hielt, waren meine Schwestern und ich nicht die Einzigen, die auf den Bahnsteig taumelten. Gut ein Viertel der Passagiere stieg aus. Das war tröstlich. Die meisten wichen uns jedoch aus. Sie sahen uns an, als wären wir seltsame Tiere oder Schmarotzer, ich weiß es nicht. Ich kann sie verstehen. Mehr oder weniger. Es macht einem sicher Angst zu erfahren, dass vierhunderttausend hungrige Mäuler bei einem aufkreuzen.

Ich habe noch immer den Klang zweier Sätze im Ohr, die ich nicht auf Anhieb verstand, aber so häufig aus dem Mund der Franzosen hörte, dass es sich mir langfristig einprägte. Manchmal brüllten sie es, manchmal sagten sie es hinter vorgehaltener Hand: »Diese Scheißspanier. So ein stinkendes Dreckspack.« Natürlich hatten wir diese Worte rasch übersetzt, und wir begriffen ebenso schnell, dass das Leben am Meer in Saus und Braus, wie unsere Eltern es uns vorgegaukelt hatten, in weiter Ferne lag.

Aber da gab es schließlich noch unseren *tío* Pepe. *Wenn er wie seine beiden Brüder ist*, sagte ich mir, *dann haben wir bestimmt viel Spaß zusammen.* Nur dass *tío* Pepe mittlerweile Franzose war, ein mehr oder weniger angesehener noch dazu, und gar nicht daran dachte, seinem Ruf zu schaden, indem er sich mit uns sehen ließ oder, noch schlimmer, uns bei sich aufnahm. Er brachte uns in den Teil der Stadt, der in Narbonne das Romaviertel genannt wurde, du weißt schon, gegenüber vom Kleiderflohmarkt. Vor einem baufälligen Gebäude, dem höchsten der Straße, blieb er stehen und pfiff, und eine Madonna in ihren Vierzigern tauchte an einem der Fenster im fünften Stock auf. *Tío* Pepe musste keinen Ton sagen. Die Frau rief:

»*¡A ver si me queda algo!*«

Ein paar Minuten später war sie wieder da.

»*¡Sube!*«

Als ich den Blick vom Himmel, beziehungsweise vom Fenster, wieder senkte, war *tío* Pepe verschwunden, und zurück blieb nichts als ein kleiner Schlüssel, der auf der Straße glitzerte. Unauffällig hob ich ihn auf, bevor ich meinen Schwestern in das Mietshaus folgte. Ich habe nie erfahren, welches Schloss der Schlüssel öffnete. Oder doch. Er öffnete die Tür zu dem, was mein Leben werden sollte, und er verriegelte das, was es bis zu diesem Tag gewesen war. Wie von selbst wanderte der Schlüssel an die Kette meines Taufmedaillons, und je nachdem, wie eilig ich voranschritt, schlug er dagegen oder schmiegte sich daran an. Wie das Leben es mit mir machte, um mich daran zu erinnern, dass die Ungeduld mein Feind war.

Ay, Dios, auf jedem Treppenabsatz fürchtete ich, wir würden durch die Dielen krachen und auf der Vortreppe landen. Um mir Mut zu machen, umklammerte ich mein Medaillon. Das Treppenhaus war der reinste Bienenstock. Die Schritte der Leute, denen wir begegneten, waren jedoch fest, so als könnte nichts und niemand ihnen etwas anhaben. Im Mietshaus hatten alle viel zu tun. *»¡Hola, amores!«,* rief uns eine Stimme zu. Wir warfen uns fragende Blicke zu. Mann? Frau? Wohl ein bisschen von beidem. Die Brüste, die Schminke und die Frisur sahen definitiv nach Frau aus, aber die Hände und die riesigen Füße besagten etwas anderes.

»¡Hola! Konntet ihr Spielzeug mitnehmen, als ihr losgefahren seid?« Ein goldiger Blondschopf lief uns hinterher, erstaunlich zielgerichtet für so ein kleines Ding. *Was glaubst du denn?* dachte ich. *Sind wir etwa ganz bequem in einem feinen Auto vorgefahren mit feinen Lederkoffern darin, in die wir unser feines Leben packen konnten?* Innerlich schimpfte ich auf dieses zierliche Geschöpf, bis ich die Narben in seinem Gesicht, an seinem Hals und auf seinen Armen bemerkte. Später erfuhr ich, dass die Kleine erst sechs war, als sie aus dem Indoktrinierungslager in Alicante floh. Nachdem sie eingefangen und verstümmelt worden war, war es ihr gelungen, aufs Neue zu entkommen. Niemand sollte je erfahren, wie das Mädchen halb nackt und halb tot vor diesem Mietshaus gelandet war.

Auf der vierten Etage ging es anscheinend weniger fleißig zu. Die Tür auf der linken Seite stand sperrangelweit offen, und sechs Väterchen spielten Karten und brüllten sich im Eifer des Spiels an. Auf der rechten Seite, ebenfalls mit weit geöffneter Tür, verließ eine Frau gerade ihren Mann. Oder setzte ihn, besser gesagt, vor die Tür. Es dauerte im Übrigen nicht lange, bis ich begriff, dass Josefa und Arné sich mindestens einmal die Woche trennten, ihre Liebe füreinander aber nach zwölf Stunden größer war als je zuvor. Eine Harmonie wie jede andere.

In der fünften Etage erwartete uns strickend, kaugummikauend und lässig an die Wand gelehnt die schöne Madrina. Sie war wirklich schön. Nicht einfach nur schön. Kraftvoll. Wie meine Mutter. Sie brachte uns in ein Zimmer mit einem Waschbecken, einem breiten und einem schmalen Bett, einem Schreibtisch und zwei Stühlen. Es war zwar schäbig, und man musste wie wild mit dem Fuß pumpen, damit Wasser aus dem Hahn kam, aber das Zimmer war gut fünfzehn Quadratmeter groß, das war komfortabel. Und meine Schwestern und ich sollten ihm letztlich die schönsten Waden des ganzen Viertels verdanken.

»Könnt ihr nähen?«

Wir blieben stumm stehen, aufgereiht wie drei Sardinen in ihrer Büchse. Natürlich konnten wir nähen! Sogar Carmen hatte es schon gelernt. Welche Mutter brachte ihrer Tochter denn nicht die wenigen Grundlagen bei, die sie brauchte, um einen Mann zu finden? *Cocina, costura, limpieza.* Kochen, Nähen, Putzen. Es ist ein bisschen wie die Aussteuer, es gehört zum Mindesten, was man dem Zukünftigen mit seiner Verlobten bietet. Und meine Mutter hatte aus uns drei brave kleine einsatzbereite Soldatinnen gemacht, die sich an jede Situation anpassen konnten.

Madrina fackelte nicht lange: Mit unserer Handarbeit würden wir für Kost und Logis aufkommen. Solange Leonor Vollzeit arbeitete, könnten Carmen und ich lediglich an den Wochenenden helfen und ansonsten auf die katholische Schule des Viertels gehen, die Einwanderer aus Spanien duldete. Was das Essen betraf, führte Madrina ein strenges Regiment: Um zwölf und um sieben wurde für die Bewohner des ersten Stocks aufgetischt. Um viertel nach zwölf und viertel nach sieben für die aus dem zweiten und so weiter. Wir aßen jeden Tag in der sechsten Etage um eins zu Mittag und um acht zu Abend. Zuspätkommen wurde nicht geduldet. Immerhin hatten wir im Gegensatz zu unseren Nachbarn von unten mehr als eine auf die Sekunde bemessene Viertelstunde Zeit, um alles herunterzuschlingen und das Geschirr abzuwaschen. Wenn Madrina nicht gleich auftauchte, um abzuräumen, blieben wir am Tisch sitzen und besprachen die Neuigkeiten des Tages, träumten und philosophierten vor uns hin, einfach nur, damit wir nicht über das Wesentliche reden mussten. Die Küche war unsere Entspannungsschleuse. Hier störte uns niemand, während es bei uns im Schlafzimmer vor zehn Uhr abends unmöglich war, zur Ruhe zu kommen. Wegen jeder Kleinigkeit wurde geklopft. Weil wir uns selbst verwalteten, halfen wir uns ständig gegenseitig aus. Zu Anfang war das beruhigend. Zum Ende hin lästig.

Unser Mietshaus hatte es schon in sich, aber die Schule erst, *mi amor* … Es ist nicht leicht zu erklären, wie man sich als Neuling in einer Schule fühlt, wenn man die Sprache nicht spricht. Es ist, als wäre man betrunken, oder vielleicht eher, als wäre man taubstumm. So stelle ich es mir zumindest vor. Die Sprache blieb nicht lange ein Hindernis, ich glaube, das ging recht schnell, auch wenn wir außerhalb des Unterrichts ausschließlich Spanisch miteinander redeten. Die meisten französischen Kinder hatten von ihren Eltern die Anweisung bekommen, sich von uns fernzuhalten – der Geruch, die Läuse, der Schmutz und was sonst noch alles. Du kannst mir aber glauben, dass wir es mit der Sauberkeit ernst nahmen und niemals Läuse hatten. Läuse mögen keine Haare, die schwarz wie Ebenholz sind und dick wie Seile, das weiß doch jeder.

Meine Schwestern und ich stellten uns gern in einer Reihe auf, um uns gegenseitig die Haare zu kämmen. Leonor tat es bei mir, während ich sie Carmen bürstete. Einmal vertraute ich Madrina an, dass ich mich in diesen Augenblicken der gleichzeitigen Zärtlichkeit und Härte, wenn jemand mir über die Haare streicht oder gegen die Knoten darin ankämpft, meiner Mutter wieder nahe fühlte. Am nächsten Tag schloss Madrina sich wie selbstverständlich unserem morgendlichen Ritual an. Als hätte nur noch sie gefehlt, stellte sie sich hinter Leonor, um ihr die Haare zu bürsten. Die Daltons.

Madrina hatte es begriffen. Sie begriff alles. Sie begriff, dass auch Leonor dieses Erlebnis brauchte. Um sich zu erinnern, und um von dieser Erinnerung zu zehren, die durch eine Geste, eine Haltung, eine Berührung zum Leben erweckt wird.

Ich liebte es, Französisch zu sprechen, ich fühlte mich wie neugeboren, wenn ich es übte, jedoch mangelte es an Gelegenheiten. Manchmal erledigte ich die Einkäufe in der Markthalle. Dort war es ein wenig teurer als auf dem Markt, aber die Momente, in denen ich mit einwandfreiem französischen Akzent einen Grenadinensirup bestellte und man mir antwortete, ohne mein Fremdsein zu bemerken, belebten mich wie eine frische Brise. Dann ging ich noch weiter und begann eine Unterhaltung, um herauszufinden, wie lange mein kleines Spiel andauern konnte. Ich fühlte mich so frei. Ich war ihnen ebenbürtig. Ich rief keine Vorurteile mehr hervor und auch keine reflexhafte Ablehnung. Der Himmel öffnete sich und gab mir die Möglichkeit, mir eine ehrgeizige Zukunft für mich auszumalen.

Doch egal, wie sehr ich mich bemühte, ich war und blieb eine Ausgestoßene aus Spanien, die mit ihren vierhunderttausend Cousins und Cousinen hier aufgekreuzt war, mir konnte nichts Bedeutendes passieren. Ich würde bestenfalls überleben. Aber ich wollte dazugehören. Zu einem Volk, vor dem ich mich nicht schämen musste und das sich für mich nicht schämte.

Es gab da allerdings noch André, einen französischen Jungen in meinem Alter, der sich alles Mögliche ausdachte, um mich zum Lächeln zu bringen. Er wohnte im Haus gegenüber. Er konnte nähen wie ein Gott, was damals bei einem Mann äußerst selten war, und so lungerte er bei uns herum, um den Frauen bei der Arbeit zuzusehen und ihnen zu helfen. Er schob mir französische Zeitungen unter der Tür durch und manchmal auch eine Schleckmuschel, die er vorher sorgfältig mit einer Schleife versehen hatte. Auch wenn es bei uns im Haus Schleifenbänder zuhauf gab. André kam gelaufen, sobald er mich aus dem Fenster rufen hörte, und sprach ausschließlich Französisch mit mir, selbst wenn seine Mutter den Kopf über ihn schüttelte, weil sie seinen Übereifer nicht verstand, er sprach schließlich Spanisch. Ich unterhielt mich gern auf Französisch mit ihm über Spanien. Mein Platz in der Welt wandelte sich. Ich kam nicht mehr aus Nirgendwo. Ich war von hier und von dort. Und für André war es kein Makel, keine Anomalie, dass ich etwas von einer Promenadenmischung hatte.

Ich spielte gern den Clown, um André aufzuheitern, denn er war ein eher ernsthafter Junge. Wenn er sich mal nicht beherrschte, verlieh ihm das viel Charme. Es kam selten vor. Ich hatte ja schon das dringende Bedürfnis danach, die Kontrolle zu behalten, doch die Festung, die André aufgebaut hatte, mauerte ihn geradezu ein. Er beobachtete mehr, als dass er sprach, nie wetterte er oder schüttete sein Herz aus. Wenn ich dabei war, schien es, als nähme er sich weniger zusammen. Mir ging das nicht so. Ich mochte ihn, aber ich fand meine Träume für ihn viel zu groß. Das machte jegliche Zweideutigkeit in unserer Freundschaft zunichte, auch wenn seine Wangen jedes Mal rosa anliefen, wenn wir uns zufällig berührten.

Madrina respektierte den Jungen aufgrund seines Arbeitseifers. Und Gott weiß, dass man den brauchte, bevor man von der Wirtin zum Ritter geschlagen wurde. Mit einer Plumpheit, die uns äußerst verlegen machte, scherzte sie darüber, was er ihr zahlen müsse, wenn er sich in ein paar Jahren mit mir davonmachen wollte. Ja, Madrina machte alles zu Geld. Selbst das, was ihr nicht gehörte. Ich folgte ihren Unterhaltungen oft von unserem Schlafzimmerfenster aus. Sie hatte alle möglichen Menschen zu Besuch, Arbeiter, Omas, Jugendliche, Huren, und es endete jedes Mal damit, dass sie versuchte, etwas für sich herauszuschlagen. Sie war nicht zufällig so weit gekommen, sie war ehrgeizig. Wenn man aber ihr Herz anrührte …

Es dauerte mehrere lange Monate, bis wir ihr beweisen konnten, was für tapfere Helferlein wir waren, und die ersten Zeichen ihrer Liebe und ihres Vertrauens erhielten. Erst nach sehr langer Zeit zog die eiserne Hand ihren Samthandschuh über. Diese Frau war derart widersprüchlich. Sie war soldatisch, rau und hart, schnell, schonungslos. Und doch zeugte jede ihrer Gesten von Respekt, Wohlwollen und dem Zusammengehörigkeitssinn, den sie zu bieten hatte. Sie war offen, aber zugleich geheimnisvoll, und sie führte ihr kleines Unternehmen mit Geschick. Sie hatte vier Katzen, einen Sittich, also zumindest einen bunten Vogel, der sprechen konnte, und einen Hund, einen Beauceron. Diese Zoohandlung füllte die immensen fünfundzwanzig Quadratmeter, die die Glückliche ganz für sich allein hatte. Keinem der Hausbewohner erlaubte sie, eine Mahlzeit auszulassen. Das war ein Muss. Ich fragte mich, weshalb. Madrina war eine Verfechterin der Siesta, deswegen wurde die Arbeit erst um halb drei wieder aufgenommen. Und nur weil man eine Mahlzeit verpasste, hieß das noch lange nicht, dass man nicht den ganzen Nachmittag lang nähen konnte.

In ihrer Rolle als Ersatzmutter sorgte Madrina sich ebenfalls darum, dass wir genug schliefen, und darum, dass Leonor nicht ausging. Und so tat sie sogar alles dafür, dass Leonor den Sohn der Garrés aus dem zweiten Stock kennenlernte. Zu Carmen und zu mir war er schon seit unserer Ankunft nett gewesen. Er hatte uns mit Kreide ein Himmel-und-Hölle-Spiel mit Zahlen in der Gestalt von Tieren vor dem Haus aufgemalt. Er gab uns Äpfel und hatte uns gezeigt, wie man sich mit einem Netz verkleiden konnte. Aber da Leonor die ganze Zeit über oben hockte und Kleidungsstücke ausbesserte, brauchte Madrina eine List, mit der sie eine Begegnung herbeiführen konnte.

»Roberto, meine Beine sind heute so schwer wie zwei Betonpfosten. Sei so nett und trag mir das hier in den fünften Stock hoch, und komm erst wieder runter, wenn dir das Mädchen, Leonor, eine Liste gegeben hat, was sie alles vom Stoffmarkt braucht. Sie soll dir einen Kaffee machen, während du wartest und sie die Liste schreibt. *¡Anda!*«

Eine schüchterne Viertelstunde später kamen sie beide nach unten, die Wangen bonbonrosa, die Augen glänzend und mit diesem entzückenden, ergreifenden Lächeln im Gesicht, das man an jenen entdeckt, die die Liebe hinterrücks erwischt hat. Stundenlang redeten sie vor unserer Schlafzimmertür, und ihre Schamhaftigkeit stellte meine Geduld auf die Probe. An die Tür gedrückt bebte ich bei jedem ihrer Worte wie bei einer Telenovela. Es dauerte eine Ewigkeit, bis sie sich zum ersten Mal küssten. Danach holten sie allerdings irrsinnig schnell auf. Meine mustergültige große Schwester schlich sich in den frühen Morgenstunden auf leisen Sohlen ins Zimmer, und Carmen und ich taten so, als würden wir es nicht bemerken. Wir fühlten uns weniger schuldig, jetzt, da sie sich endlich so verhielt, wie es für ihr Alter angemessen war.

Mein Schatz, du kennst ihn, den Sohn der Garrés. Es ist dein *tío* Roberto. Aber ja, er war ihr erster Freund und ist es geblieben. Ohne Abschweifung. Weißt du, was ein Seelenverwandter ist? Selbst einem Film würde man es nicht abkaufen, wenn das Mädchen nur drei Stockwerke tiefer den Jungen trifft, mit dem sie sechzig Jahre Leidenschaft und Lebenseinstellung teilen wird! Während unserer Zeit im Mietshaus waren sie ein Liebespaar, bis sie ein paar Jahre später heirateten. Nach der Hochzeit zogen sie um und nahmen nur Carmen mit. Ich war zu kompliziert. Zu wütend. Unkontrollierbar. Ich wollte alles wissen. Alles. Doch zu meinem großen Unverständnis thronte an oberster Stelle unserer Gesetze das des Schweigens. Mit fünfzehn war ich noch zu jung, um das zu verstehen. Aber als ich älter wurde, beging ich dieselben Fehler. Ich habe verheimlicht, habe gelogen, um andere zu beschützen oder vielmehr, weil ich glaubte, sie dadurch beschützen zu können. Inzwischen habe ich mich eines Besseren besonnen. Damals fasste ich die vagen Antworten auf meine Fragen als fehlendes Interesse auf. Selbst Madrina schien mehr über meine Vergangenheit zu wissen als ich ... Wobei das für sie wohl nicht schwierig war, wenn man bedenkt, wie sehr sie sich in alles einmischte. Vielleicht war sie auch so etwas wie eine Hellseherin. Oder vielleicht war ich auch nicht so pfiffig, wie ich dachte. Wenn ich von einem jungen Mann angetan war, blieb sie unnachgiebig:

»Den nicht. Du bist zu jung, und außerdem versucht er es bei jeder, denk also gar nicht erst dran.«

Wenn ich unser Viertel verließ, um die Französin zu geben, und dann Madrina über den Weg lief, brachte sie mich auf der Stelle zurück.

»Nicht einmal im Traum, *cariño*.«

Es war faszinierend. Und äußerst ärgerlich.

Als ich zum ersten Mal meine Periode bekam, war ich gerade in der Schule. Ich war elfeinhalb. Ich stahl mich davon und schleppte mich nach Hause. Die Schmerzen wurden noch gesteigert von meiner Angst, denn ich wusste nicht, was vor sich ging. Ich hatte mir etwas aus Toilettenpapier zusammengebastelt, was mir die größte

Demütigung erspart hatte, aber als ich Madrina an der Treppe vor unserem Haus begegnete, muss ich totenbleich gewesen sein. Die Kratzbürste sagte kein Wort, nahm mich am Arm, führte mich in ihr Zimmer und dirigierte mich auf einen Stuhl.

»Diese Tortur machen Frauen einmal im Monat durch, es ist keine Krankheit, es ist nichts Schlimmes daran, es bedeutet einfach nur, dass du ab jetzt aufpassen musst, was du mit deiner Blume anstellst, weil du sonst schwanger werden kannst.«

Sie zog eine Schublade auf und holte weiße Stoffstücke hervor. Eins davon nahm sie, die restlichen gab sie mir. Dann streifte sie ihre Unterhose herunter und erklärte:

»Siehst du, so legst du den Stoff hinein, und sobald er schmutzig ist, wäschst du ihn aus. Du brauchst ein bisschen Übung. Dein Vorrat ist nicht unendlich.«

Sie gab mir das Baumwolltuch, das sie gerade verwendet hatte, und zog sich wieder an, während sie ihre Ausführungen beendete. Geradeheraus. Ohne Umschweife.

»Und jetzt ab mit dir und üben.«

Wenn Leonor mich doch nur auf diesen Schock vorbereitet hätte, anstatt sich von ihrer Scham und unserer Zerstrittenheit davon abhalten zu lassen! Stattdessen war ich von Madrina aufgeklärt worden, die mir, entblößt vor mir stehend, einen Blitzvortrag gehalten hatte. Aber Leonor war eben heikel. Wenn sie und Roberto mich doch nur mitgenommen hätten, obwohl unser Verhältnis sich so sehr verschlechtert hatte. Wenn ich doch nur mein Ungestüm hätte bändigen können. Wenn ich doch nur weniger stolz gewesen wäre und mich getraut hätte, ihr zu sagen, dass ich bei ihr bleiben wollte. Wenn sie mich doch nur akzeptiert hätte, wie ich war. Was sie anstrebte, brachte mich nicht zum Träumen. Eine Arbeit. Ein Ehemann. Verantwortungsgefühl. Sorgt sich ein Wildpferd, ob seine Hufe gepflegt sind? Leonor kümmerte sich nicht um den Augenblick, um Carmens und meine Empfindungen oder Persönlichkeiten. Sie sah ihre Aufgabe allein darin, dafür zu sorgen, dass wir uns anpassten, und nur darum bemühte sie sich. Für sie war es viel wichtiger, dass wir fleißig, reinlich, wohlerzogen und pünktlich waren, als dass sie aus uns glückliche und zufriedene Kinder machte.

Einige Wochen nachdem Leonor ausgezogen war, verlor ich den Boden unter den Füßen. Ich verkaufte geschmuggelte Zigaretten, ich stahl Schminke aus Geschäften und Kleidung vom Markt, ich kam den gemeinschaftlichen Pflichten im Haus nicht mehr nach, ich wurde nicht mehr rechtzeitig fertig mit meinen Handarbeiten. Madrina überwachte mich auf Schritt und Tritt, Tag und Nacht, damit ich wieder auf die rechte Bahn kam. Ich glaube, ich wollte herausfinden, ob auch sie mich meinem Schicksal überlassen würde. Wie jede fünfzehnjährige Göre brauchte ich einen Rahmen. Meiner hatte vor lauter Unausgesprochenem Risse bekommen. Leonor hatte mein Verantwortungsbewusstsein wecken wollen. Pustekuchen.

Kaum hatten meine Schwestern das Schiff verlassen, ging ich von der Schule ab, um in Vollzeit zu nähen.

Madrina hatte mir angeboten, die Schule weiterzubesuchen, bis ich achtzehn wurde, wenn ich zusätzlich zu den Wochenenden auch am Abend arbeitete. Zuerst nahm ich ihr großzügiges Angebot an, doch lange hielt ich mich nicht an die Abmachung. Allmählich erstickte ich in dieser eintönigen Routine. Die Vorstellung, dass es auch noch etwas anderes gab, kitzelte mein Gemüt. Meine Fantasie schweifte dorthin, wohin die ersten Reklametafeln mich führten. Das Ende des Kriegs gegen die Deutschen rückte näher, und in der Luft lag wieder ein Hauch von Freiheit. Es genügte, dass mir ein Roman in die Hände fiel, und ich träumte davon weiterzuziehen. Weiter, ja, nur wohin? Ich musste anfangen, mehr zu sparen, und mir einen Plan zurechtlegen, bevor ich ihn in die Tat umsetzen konnte. Aus diesem Grunde beschloss ich, mit der Schule aufzuhören und nur noch zu arbeiten. Ich hatte genug von den Spaniern, die der Meinung waren, es führe ab-so-lut kein Weg daran vorbei, sich anzupassen. Was soll das überhaupt bedeuten, sich anpassen? Wer sind wir denn, dass wir uns an die anderen anpassen sollen? Sind wir nicht aus Fleisch und Blut und Knochen, genau wie sie? Sogar unser Gott ist derselbe, wir haben uns ja kaum etwas zu sagen, so sehr ähneln wir uns! Ich sprach und schrieb ihre Sprache besser als sie, und dann sollte ich mich klein machen, damit man mich möglichst nicht sah und hörte? Auf keinen Fall. Weil Frankreich nichts von uns wissen wollte und weil ich ohnehin kein »uns«, kein »wir« mehr hatte, schwor ich mir, mich von Rita Monpean Carreras zu verabschieden, sobald ich das nötige Geld beisammenhatte. Ich würde zu Joséphine Blanc werden. Joséphine Blanc wäre ihrer Herkunft nach Französin, genau wie fast alle Franzosen hier. Ein weicher Vorname wie Joséphine würde mein feuriges Temperament zügeln, es würde mich französisieren.

Ich würde nichts mitnehmen. Nur mein Medaillon, den Schlüssel und einige Kleidungsstücke. Meine Eltern hatten mich in die Obhut meiner Schwester gegeben, die mich wiederum Madrina anvertraut hatte. Meine Großeltern hatten mich in Gottes Obhut gegeben, und der war immerhin noch da. Beziehungsweise immer nicht da oder nie da, und so würde ich ihn nicht vermissen, auch dann nicht, wenn ich mich in der Zwischenzeit an ihn wandte. Aus dem Grund habe ich auch beschlossen, das Medaillon zu behalten. Nicht um weiter mit meiner Familie verbunden zu sein oder mit meiner Vergangenheit. Nicht weil ich immer noch glaubte, es sei wertvoll – dass das nicht der Fall war, war mir klar geworden, als ich einmal versucht hatte, es zu verkaufen. Nein, als Talisman würde ich es behalten, damit ich nicht ganz auf mich allein gestellt war. Alles würde ich zurücklassen, damit nichts verraten konnte, woher ich kam und wer ich war. Oder besser gesagt, wer ich gewesen war.

Tatsächlich habe ich die Kette aufbewahrt, an der sowohl das Medaillon hängt als auch der verrostete Schlüssel. Das Medaillon gegen die Einsamkeit und den Schlüssel, damit er es mir ermöglichte, eine Zukunft zu erreichen. Nicht irgendeine. Eine schöne Zukunft. Meine schöne Zukunft. Eine Zukunft, in der ich am Ende siegte.

Nicht wie die anderen. Denn ich hatte meinen Schlüssel, und meine furchtlose Seele würde mir noch mehr Schlüssel verschaffen, so viele, wie nötig wären, damit keine einzige verschlossene Tür mir den Weg versperrte.

3.

Das Gedichtbüchlein

Ich schlage das Zauberbüchlein auf und spüre ein Pochen in meinem Bauch, als ich wieder die Zeilen darin lese. Die Erotik mancher Gedichte lässt mich zögern, ob die Kommode der richtige Ort dafür ist. Nicht lange. Es geht schließlich um die Liebe. Du hast Nina ja wohl auch nicht durch den Heiligen Geist empfangen. In dieser Schublade liegt eine Menge Nippes, aber vergiss das Armband, den Litschikern, die Haarlocke, den Satz Gitarrensaiten und den ganzen Rest. Die Entdeckung meiner Weiblichkeit und die Liebe meines Lebens stecken vor allem in diesem Büchlein.

Als ich Rafael zum ersten Mal über den Weg lief, war mir mulmig zumute. Gerade hatte ich mein ganzes Leben hinter mir gelassen. Ich hatte eine unbändige Lust auf alles. Und auf nichts. Es fühlte sich an, als gehörte mein Leben mir, aber ich hatte ein schlechtes Gewissen, weil ich ohne ein Wort fortgegangen war. Und außerdem wusste ich nicht, wo ich anfangen sollte.

Und da kommt Rafael ins Spiel, tritt aus einem Bistro. Er bleibt stehen, um sich eine Zigarette anzuzünden. Den Blick hält er gesenkt, und das nutze ich aus, um ihn zu betrachten. O mein Gott! Er wird mich für ein armes kleines Ding halten, so wie ich hier vor dem Bahnhof von Toulouse auf dem Boden hocke. Schließlich habe ich, um Geld zu sparen, die ganze Fahrt von Narbonne bis hierher gestanden. Ich springe auf. Nur damit er mich nicht bemerkt, falls er sich umsieht. Oder gerade damit er mich bemerkt, ich weiß es nicht. Unaufhörlich hallt es in meinem Kopf: *Komm, komm, komm, komm zu mir.* Ich setze alles auf die Telepathie, denn ich traue mich nicht, auf ihn zuzugehen. Er ist von allem zu viel. Zu schön. Zu männlich. Zu selbstsicher. Zu stolz. Von allem viel zu viel, als dass ich den Mut aufbringen könnte. Da lächelt er mich an. Ich senke den Blick. Wie dumm von mir! Zum Glück entmutigt ihn das nicht. Er hat mir sehr wohl angemerkt, dass ich aufgestanden bin, ohne zu wissen, wohin ich gehen soll. Mist, Mist, Mist. Haltung annehmen. Schnell. Er überquert die Straße.

»¿*Mucho gusto, señorita. Puedo ayudarte?*«

»Ich spreche kein Spanisch, tut mir leid.«

»¿*En serio?*«

Ich antworte nicht. Joséphine Blanc weiß nicht, was *en serio* bedeutet.

»Oh, Entschuldigung, ich hätte schwören können, dass Sie …«

»Nein, gar nicht.«

»Freut mich. Rafael«, sagt er und hält mir die Hand hin.

»Joséphine.«

»Joséphine, das ist ein hübscher Name.«

»Danke.«

O nein! Natürlich gerate ich zufällig an jemanden, der mich an meine Wurzeln erinnert und direkt in die Heimat zurückführt, denn bei diesem Akzent zeichnet sich auf den rosa Ziegeln, die uns hier umgeben, Andalusien in seiner ganzen Pracht ab. Die Spanier sind aber auch überall. Von wegen Beginn meiner Unabhängigkeit! Vor mir steht Spanien in seiner sinnlichsten Verkörperung, und schon spüre ich ein Prickeln in meinem Höschen. Und ich unternehme nichts dagegen. Auf keinen Fall. Gerade ist das Leben in mein Leben getreten. Zum ersten Mal. Verlangen und Entzücken pulsieren durch meinen Körper. Es bringt mich derart aus der Fassung, dass man es mir bestimmt an der Nasenspitze ansieht. Ich sammele mich. Ich setze eine gleichgültige Miene auf und besinne mich auf das, was aus mir eine waschechte Französin machen würde. Reserviert muss ich sein, ein bisschen prüde, ein bisschen schnippisch, sonst falle ich aus meiner Rolle. Ab in den Schrank mit meiner Offenherzigkeit. Nach fünf Schuljahren bei den Frömmlerinnen von Saint-Just bin ich darin Profi, das sollte eigentlich von allein gehen. Reiß dich zusammen, Rita, vielleicht ist das hier eine Fügung des Schicksals. *Tranquila, tranquila, tranquila.*

Ich schaffe es. Den Kopf zu heben und ihn anzusehen kostet mich mehr, als den Gipfel des Mulhacén zu erklimmen, aber ich kneife nicht. Ich werde mit meinem Blick in seine Augen eintauchen und dort nach seiner Seele fischen, und wenn sie zu klein ist, zu jung, zu zart, werfe ich sie zurück ins Wasser. *Ay, Dios*, sein Blick lässt mich nicht los. Mein Herz und mein Bauch fahren Achterbahn, ich werde durchgeschüttelt, verliere die Orientierung, bin trunken von Adrenalin. Halt dich ran, Mädchen. Unmöglich. Ich bin erstarrt wie die Pietà. Die Schüchternheit muss ich nicht einmal spielen, sie hat vollkommen von mir Besitz ergriffen. Bin ich etwa tatsächlich zu einer verfluchten Französin geworden? Was für eine Schande!

»Kennst du Toulouse? Möchtest du eine Führung vom besten Fremdenführer der Stadt?«, schlägt Rafael mir vor.

»Warum nicht? Ich kenne mich hier gar nicht aus. Ich bin aus Narbonne, ich bin gerade erst angekommen.«

Rafael geht zügig. Mit einem sanften Lächeln hat er meine Hand genommen, damit ich mit ihm Schritt halte, ohne mein Einverständnis abzuwarten. Auch das gefällt mir. Er ist respektvoll, aber forsch. Ein Kerl eben. Ein echter. Jedes Mal, wenn ich daran denke, dass seine Haut meine berührt, wird mir schwindelig. Ich versuche mich abzulenken, doch vergeblich. Ein wilder Wind sucht die Stadt heim. Oder aber die Kraft unserer verschränkten Hände hat die Elemente entfesselt.

Wir müssen uns dem Autan beugen und langsamer gehen. Der Wind will unsere Hände auseinanderreißen, doch sie wehren sich dagegen. Ein sanfter Blick, der nach meiner Zustimmung fragt, ohne sie abzuwarten. Als Rafael meine Hand loslässt, fühlt es sich an, als risse man mir ein Körperteil aus, dabei sind wir erst zwanzig Minuten gegangen. Doch jetzt übernimmt sein starker Arm, er breitet ihn aus und legt ihn fest um mich. Zusammen bilden wir einen Schild gegen den Windgott. Ich fühle mich lebendig. Unfassbar lebendig. Im Arm eines Fremden, allein in einer Stadt, die ich nicht kenne, und ich habe keine Angst. Wie auch immer diese Begegnung ausgeht, sie musste sich ereignen, dessen bin ich mir sicher. Sie war uns vorherbestimmt, so natürlich fühlt sich alles an.

Ich lernte die Stadt so kennen, wie Rafael sie in den letzten zwei Jahren erobert hatte. Auch er war geflüchtet. Ich gab vor, nichts über diesen Krieg zu wissen, der seine Welt, unsere Welt, verwüstet hatte. Aufmerksam hörte ich ihm zu, ließ mir meine Gefühle nicht anmerken und täuschte hin und wieder Überraschung vor. Manchmal kam es mir vor, als würde er meine kleinen Schwindeleien umgehend durchschauen und sich darüber amüsieren. Das war unmöglich, meine französische Aussprache war perfekt, und für alle Fälle ging ich sparsam mit meinen Worten um, wie Madrina. Ich verfuhr geschickt, wie sie es ausgedrückt hätte. Unser Nachmittag endete dort, wo Rafael wohnte. Er hatte ein Zimmer in einer Künstlerkommune gemietet. Ein besonderer Ort. Im Erdgeschoss lebten Deutsche. In aller Seelenruhe gingen ein Maler, ein Regisseur und zwei Schriftsteller hier ihrer Arbeit nach. Im ersten Stock grölte es von überallher auf Italienisch. Lautstark tauschten sich ein Bildhauerinnenpärchen, ein Tischler, ein Dramatiker, eine Tänzerin, ein Spezialist der Commedia dell'arte und ein Sänger aus. Im zweiten Stock beschimpften sich in Endlosschleife exzentrische Spanier.

Plötzlich schnürte Melancholie mir die Kehle zu. Ich dachte an unser Mietshaus in Narbonne. Dieser Ort hier erinnerte mich daran. Dort hatte ich es nicht mehr ertragen können, und jetzt stand ich hier und wünschte, das Haus stünde direkt nebenan. Am liebsten hätte ich Rafael genauso in meiner kleinen Welt herumgeführt und wäre darauf so stolz gewesen wie er auf seine Welt. Seit ich das Haus in Narbonne verlassen hatte, hatte sich mein Blick darauf schlagartig verändert. Aber es war zu spät. Diese Gemeinschaft war eine Illusion. Draußen war es immer gleich. Draußen begegnete man den Fremden feindselig. Wenn sich bei Rafael alle gegenseitig zu respektieren schienen, hatte das doch nichts mit der Wirklichkeit zu tun. Die Gesetze im Haus waren nicht dieselben wie auf der Straße, sie waren nicht universell, das hier war nicht die Freiheit. Freiheit bedeutete, sowohl drinnen als auch draußen man selbst zu sein. Und mit meinem neuen Ich durfte ich darauf hoffen, dass ich diese Freiheit einmal erlangen würde.

Rafael und ich redeten noch die ganze Nacht. Nur die Heimkehr seiner beiden Tauben unterbrach uns.

»Hari, Mata, darf ich euch die Frau vorstellen, die heute meinen düsteren Himmel mit ihrem Licht erhellt hat? Sie heißt Joséphine. Joséphine: Das hier sind Mata und Hari.«

Er löste die kleinen Metallringe von ihren Beinen, steckte sie in die Hosentasche und forderte mich auf, von mir zu erzählen. Ich sagte, meine Eltern seien bei einem Unfall gestorben, und ich sei fortgegangen, weil mich in

Narbonne nichts mehr hielt. Ich fasste mich kurz. Er hakte nicht nach. Er erzählte mir von seiner Familie, von seinem Heimatdorf, das in Schutt und Asche gelegt worden war. Er erzählte von Spanien, als wäre es ein mir unbekanntes Land. Das gefiel mir. Seine Worte hielten die Farben unserer Flagge hoch. Je tiefer er in seine Erinnerungen eintauchte, desto mehr geriet er in Begeisterung, und ohne es zu ahnen, zerriss er mir damit das Herz, denn es waren auch meine Erinnerungen. Er berichtete von seinem früheren Leben als Glaser, von den herzlichen Gesprächen mit seinen Kunden, von Tauschgeschäften, kleinen Gefälligkeiten. Er erzählte von seinem jetzigen Leben als Glaser, von unverschämten Forderungen und davon, wie unhöflich die Franzosen zu ihm waren. Am liebsten würde er den ganzen Tag lang Gitarre spielen und Gedichte schreiben, aber man brauchte eben auch etwas im Magen.

Alles erzählte er mir nicht. Das spürte ich. Und seine unvermittelten Pausen bestätigten meinen Eindruck. Wie sollte ich ihm das zum Vorwurf machen, wo ich mich doch selbst in ein Gewand aus Lügen gekleidet hatte? Während er sprach, griff er nach seiner Gitarre. Ich hörte nicht mehr, was er sagte. Jeder Akkord, den er wie nebenbei, ohne nachzudenken anschlug, legte all das offen, was ich verheimlichte. Was mir fehlte. So sehr fehlte, dass es mich zerstörte. Meine Familie, meine Heimat, mein Leben von früher, das es nicht mehr gab. Ich wollte diese Musik nicht hören, ich konnte mich nicht um das kleine Mädchen kümmern, das ich einst gewesen war,

ich konnte es nur eine Zeit lang begraben, um weiter-
zuleben.

Ich beugte mich zu Rafael und legte eine Hand auf die
Saiten, um sie zum Verstummen zu bringen, bevor mir
eine erste Träne über die Wange rollte. Er deutete meine
Geste als Aufforderung, mich zu küssen. Ich kann mir
kein wundervolleres Missverständnis vorstellen, kein
schöneres Versehen, keinen magischeren Zufall. Ich
wehrte mich nicht, ich ließ mich gehen, gab mich hin.
Rückhaltlos erlag ich Rafaels Küssen, seinen Berührungen, seinem ganzen Wesen, das mich wie Seide einhüllte.
Es kam mir nicht vor wie ein erstes Mal. Eher als hätten
wir eine Choreografie einstudiert, so lange, bis unsere
Bewegungen geschmeidig aufeinander eingespielt waren.
Und doch entstand unser Tanz nach und nach, in aller
Langsamkeit, in aller Wachsamkeit gewann unsere Haut
an Zutrauen, erlebten wir die Lust in ihrer heiligsten und
mystischsten Form. Wir erkundeten unsere Körper, ließen uns von unseren Sinneseindrücken überwältigen.
Dieser stumme Austausch, hin und wieder untermalt von
unserem Keuchen, war biblisch rein. Besonders keusch
war es nicht, was wir taten, nein, zum Glück nicht! Doch
gibt es überhaupt anstößige Berührungen, wenn sie von
Liebe, Vertrauen und Einmütigkeit getragen werden?
Natürlich wollte ich ihm gefallen. Aber vor allem staunte
ich über die Verwandlung, die in mir vorging, war durstig
nach mehr. Ich wollte nicht nur ihm Freude bereiten, ich
widmete mich ebenso meiner eigenen erwachenden Lust.
Und genau deswegen war dieses erste Mal so wunderbar.

Als ich am nächsten Morgen die Augen aufschlug, saß Rafael neben mir und sah mich zärtlich an. Ein Topf mit Kaffee dampfte bereits auf einem bescheidenen Kocher, und eine Scheibe Brot röstete in der Pfanne. Mich streifte der Gedanke, dass es leichtsinnig gewesen war, diesem Mann zu folgen und mich ihm so schnell hinzugeben. Aber nur kurz. Ein Teil von mir wusste genau, was ich hier tat. Etwas an der Szene, die sich abspielte, wirkte wie selbstverständlich.

Rafaels Lippen schmeckten nach Süßholz. Er war nervös, deswegen kaute er ständig auf einer Wurzel herum. Als der Vorrat, den er vom Kalabrier aus dem ersten Stock bekommen hatte, aufgebraucht war, griff er zu Stängeln von wildem Fenchel, die er auf unseren Spaziergängen im Botanischen Garten sammelte. Rafael kannte fast alle Spanier, die in der Stadt lebten. Wenn ich errötete, weil er etwas Hübsches über mich sagte, das ich eigentlich nicht verstehen sollte, wandte ich mich ab. Einiges verstand ich auch nicht. Manchmal sagte er, ich sei seine Freiheit, ich sei die Lunge, die Gott ihm geschenkt habe, damit er endlich wieder atmen könne, ich verleihe ihm Augen, die ihn erkennen ließen, dass die Welt womöglich doch nicht vollends verloren sei. Auf mich traf das nicht zu. Seitdem ich Joséphine Blanc geworden war, hatte sich alles verändert, und die Menschheit erschien mir nur umso abscheulicher. Dass ich Rafael liebte, änderte daran nichts. In Geschäften wurde ich freundlich empfangen, ich hatte problemlos eine ordentlich entlohnte Arbeit als Näherin bekommen, und ich bekam ungefiltert mit, wie die Leute über die Immigranten redeten. Während sie ihren Unsinn von sich gaben, nickte ich wissend. In meinem Inneren brodelte es, beinahe kochte es über, doch meine Wut blieb in mir und erstickte mich. Was sie sagten, war falsch. Ungerecht. Hätte ich das geäußert, hätte ich mich enttarnt. Als ich meine Identität wechselte, hatte ich mir ein Dasein in Freiheit verschafft, meine Redefreiheit allerdings hatte den Tod gefunden. Ich steckte in der Klemme. Ich musste mich befreien, bevor ich implodierte. Rafael musste es erfahren. Auch ich wollte alles wissen. Ich hatte genug von vermeintlich romantischen Geheimnissen. Ich wollte, dass wir von jetzt an offen miteinander waren. Wollte Rita sein, sobald ich das Zimmer betrat, das wir seit zehn Monaten teilten. Wollte Joséphine sein, sobald ich es verließ und der Außenwelt begegnete. Vielleicht war das die Lösung.

»*Mi gatito*, hast du wirklich geglaubt, du könntest einer Katze vorgaukeln, du wärst ein Hund? Als Vogel kannst du einer Katze vorgaukeln, du wärst ein Hund. Aber wenn zwei Wesen derselben Art sich begegnen, dann erkennen sie sich auf jeden Fall und seien sie noch so verschieden. Ich konnte mir denken, warum du gelogen hast – weil du akzeptiert, anerkannt werden wolltest, das habe ich herausgehört, und deswegen habe ich auch so getan, als ob. Es war aber kein Zufall, dass ich mich ausgerechnet in dich verliebt habe. Und das gilt auch für dich. Wir sind nicht nur Freunde, Geliebte und Leidensgenossen, wir geben uns mehr als Liebe, wir sind füreinander zu einem Zuhause geworden, und zwar mit allem, was das bedeutet: ein Neuanfang, ein Anhaltspunkt, eine Verankerung, und das hat uns beiden gefehlt, seitdem wir im Exil leben. Aber wir kehren in unsere Heimat zurück, das verspreche ich dir, in unsere wahre Heimat, *mi cielo*, und dann bevölkern wir Spanien wieder mit glücklichen Kindern. Deswegen muss ich in einem Monat verreisen. *Ida y vuelta*, schnell hin und schnell zurück. Miguel und Pascual kommen mit. Wir bringen der Guerilla Nahrungsmittel, sie kommen bald um vor Hunger. Sie müssen bei Kräften bleiben, wenn sie das Regime dieses *hijo de puta* stürzen wollen. Ein Attentat ist geplant. Wir treffen uns mit den Guerilleros, dann müssen wir ein paar Dinge für sie organisieren, und zwei, schlimmstenfalls drei Wochen später bin ich wieder bei dir.«

Rafael war nicht einfach ein Exilant. Er war ein Flüchtling. *Enlace*. Wörtlich übersetzt bedeutet das *Verbindung*. *Enlace* gab es nur wenige, und sie wurden sorgfältig ausgewählt. Es waren Vertrauensmänner. Manche von ihnen waren in den Untergrund gegangen, um im Land zu bleiben. Rafael half beim Transport aller möglichen Güter aus Frankreich, um die Guerilla beim Kampf gegen Franco zu unterstützen. Er erzählte mir von Dokumenten und Lebensmitteln, aber ich hatte die zerlegten Waffen, die wie durch Zauberhand unter unserem Bett auftauchten und wieder verschwanden, schon längst entdeckt. Hätte ich danach gefragt, hätte ich riskiert, ebenfalls reden zu müssen, also hatte ich bisher geschwiegen.

Als *Enlace* war man auch eine Art Informant. Und ja, die Tauben waren nicht einfach nur ein Hobby. Franco kontrollierte den gesamten Informationsfluss in Spanien, und das erschwerte den Guerilleros die Arbeit. Mit ein paar Manövern wollten sie diese bleierne Decke durchbrechen. Der Krieg ging im Untergrund weiter. Angefangen mit den klandestinen Zeitungen, in denen stand, was wirklich vor sich ging. Schön war das nicht. Seit der Krieg offiziell vorbei war, lebten die Spanier im größten Elend. Womöglich hatten meine Eltern nicht ganz unrecht gehabt. In Frankreich konnten wir uns zumindest satt essen oder fast satt.

Rafael erzählte mir, dass es dreimal fast gelungen sei, Franco zu stürzen. Jedes Mal war er mit knapper Not davongekommen. In den französischen Zeitungen stand davon nichts. Franco selbst hielt derlei Informationen zurück, damit nichts das Bild beschmutzte, das der Rest der Welt von seiner Supermacht haben sollte. Allerdings hatte er die Rechnung dabei ohne meinen schönen Stier gemacht. Rafael hatte die Entschlossenheit derer, die mit ein paar Punkten Rückstand beginnen. Die Wut der Opfer, die sich zur Wehr setzen. Er war aufsässig und musste niemandem etwas beweisen. Er war impulsiv, aber er war auch an seinen vergangenen Taten und deren Folgen gereift. Von nun an handelte er zum Schutz seiner Mitmenschen, sogar der übelsten, denn er war überzeugt, dass niemand von Grund auf schlecht geboren wird. Mit seiner Sicht auf die Dinge besänftigte er meine Wut. Ich hätte Franco eigenhändig umbringen können, Rafael wollte ihn lieber im Gefängnis enden sehen. Ich war die Brutale. Er der Gemäßigte. Das Gegenteil von dem, was unsere jeweilige Statur vermuten ließ. Wir ähnelten David und Goliath. Ich war so zierlich, dass ich beinahe durchsichtig wirkte, er hingegen war kräftig gebaut. Ich musste mich auf die Zehenspitzen stellen, um an seine Lippen zu kommen, selbst wenn er mir entgegenkam und seinen geschmeidigen Nacken beugte. Es brachte ihn zum Lachen. Jedes Mal hob er mich schließlich hoch, um es uns leichter zu machen. Dann schlang ich die Beine um ihn wie ein Äffchen am Baum, damit er mich besser tragen konnte. Was im Grunde nicht nötig gewesen wäre, denn wenn er gewollt hätte, hätte er mich auch mit dem kleinen Finger hochheben können.

Ich liebte. Ich wurde geliebt. Ich wurde beschützt. Und allmählich wurde mir klar, dass ich sonst nichts brauchte.

Seit zwei Wochen waren Rafael und seine Mitstreiter schon fort. *Madre mía*, was machten sie bloß? Neuerdings ging ich alle paar Stunden nach unten und bat Ulrich, einen der Nachbarn, für mich zu pfeifen. Mata und Hari hatten wohl etwas für Deutsche übrig, oder sie verstanden Deutsch, denn sie kreuzten auf, sobald Ulrich sie rief. Er, als Einziger, konnte sie zähmen. Abgesehen von Rafael natürlich. Die Tauben hatten ihren eigenen Kopf, aber ihn schätzten sie, weshalb auch immer. Ich hingegen hatte sie nie bändigen können. Rafaels Hände teilten genug Zärtlichkeiten aus, dass es für sie und für mich reichte, aber das wollten sie nicht hören. Hartnäckig ignorierten sie mich, und das erinnerte mich daran, dass es immer jemanden gibt, der nichts von einem wissen will.

Die dritte schlaflose Nacht. In Rafaels Büchlein entdeckte ich die schönen Zeilen, die er über uns geschrieben hatte; es beruhigte mich und gab mir neues Vertrauen in unser Schicksal. Auf den letzten Seiten hatte ich das Gefühl, er hätte sich schon eine Zukunft für uns ausgedacht! So zuversichtlich wirkte er, zu allem bereit, um uns ein traumhaftes Leben zu ermöglichen. Es kam mir verrückt vor, und genau das liebte ich an ihm. Strebte man nach dem Unmöglichen, so konnte man zumindest das Wunderbare erreichen. Ich betrachtete, wie die Basilika Saint-Sernin die Wolken durchbrach, so wie die Angst mir den Bauch durchbohrte. Ich dachte an unser Haus in Narbonne. An die Nachbarn dort, die aufs Neue in den Kampf gezogen und nie wieder zurückgekehrt waren. Keiner von ihnen hatte Rafaels Format gehabt, man konnte es also nicht vergleichen, und trotzdem tat ich es. Wie schnell man der Angst erliegt, wenn die Entfernung so groß und keine Kommunikation möglich ist, um sie zu überwinden. Ich wusste, dass ich mir keine Sorgen machen sollte, er musste eine lange Strecke zurücklegen und die »benutzbaren« Züge waren rar, aber ich vermisste ihn so sehr, dass mir die Vernunft völlig abhandenkam. Wie leer war mein Gerippe, wenn Rafael es nicht mit seiner Liebe und Energie füllte!

Mit ihm zusammen schien alles möglich. Ich träumte wieder. Früher war das eine meiner Lieblingsbeschäftigungen gewesen: mich auf eine Bank setzen und mir ausmalen, was die vorbeigehenden Leute wohl für ein Leben lebten. Damit hatte ich aufgehört, nachdem ich Spanien verlassen hatte. Ein Teil von mir war dort zurückgeblieben. Das verträumte und unbeschwerte Kind von einst war mir nicht gefolgt. Es musste sich in den Pyrenäen verlaufen haben. Ich hatte es zurückgelassen, so wie man etwas hinter sich lässt, das man bereut. Ohne Erklärung, nur weil ich wusste, dass ich mit dem Kind auch den Schmerz am Leben erhalten hätte. Ich hatte keine Wahl.

Pepita, Rafaels Mutter, brachte das Mädchen in mir manchmal wieder zum Vorschein. Pepita erahnte es, spürte es, hielt es in Ehren, und dadurch erweckte sie es zu neuem Leben. Es gefiel mir, dass sie das Kind mit ihren Fragen wieder hervorlockte, dass sie mit ihm fühlte und dass sie mich, wenn mir schließlich dicke Tränen über die Wangen kullerten, minutenlang fest an sich drückte. Zwischen ihrer Zärtlichkeit und ihrer Vergangenheit als Kämpferin lag ein Universum. Dieser Winzling war an der Front gewesen. Pepita. Einen Meter fünfundfünfzig klein, fünfzig Kilo leicht, das Gewehr über der Schulter, inmitten einer Flut von Testosteron und Machismo. Was für ein Anblick das gewesen sein musste! Nach einer Verletzung war sie Schriftführerin der Abteilung für die Republikanische Jugend geworden, dann musste sie fliehen, um ihren *culo* zu retten, wie sie es ausdrückte. Sie las in den Menschen und wurde zu Balsam, um sie zu wärmen, oder zu Feuer, um sie zu verbrennen. Für mich war sie eine wohltuende Salbe. Wir hörten einander zu. Es war zwecklos, sich zu widersetzen, wenn sie dich dazu drängte zu reden, die Schleusen zu öffnen oder auch mal auszurasten. Sie schaffte es. Sie konnte es. Ohne ihr Gegenüber zu überrumpeln. Denn »es tut gut, von Zeit zu Zeit alles aus deinem Rucksack zu holen, was du nicht mehr brauchst. Das entlastet den Rücken.« Ich ließ es zu, denn ich wusste, dass sie für mich nur das Beste wollte. Das erkannte ich daran, wie sie sich hinter mich stellte und meine Hand führte, wenn wir den Teig für Churros rührten. An dem prall gefüllten Korb, den sie uns jede Woche vor die Tür stellte und in dem immer ein paar *mantecados* mit Schokolade lagen, obwohl sie genau wusste, dass Rafael sie nicht mochte, während ich sie für mein Leben gern aß.

Meine erste Begegnung mit Pepita hatte vor genau dieser Tür stattgefunden. Damals lag sie kaum zwei Monate zurück, und doch schien es mir wie eine Ewigkeit. Rafael war gerade aufgebrochen, und als es klopfte, stürzte ich zur Tür, weil ich dachte, er habe etwas vergessen. Baff stand ich vor Pepita, nur mit einem Nachthemd bekleidet, ein Glas Kaffee in der Hand, die Haare zerzaust, während sie rief:

»*¡Tu vieja mamá volvió de su viaje, mi azúcar!*« (Deine alte Mutter ist von ihrer Reise wieder da, mein Zuckerstück!)

Es war offensichtlich, dass ich mehr als nur den Kaffee mit ihrem Sohn teilte. Es war ebenso offensichtlich, dass er seine jadegrünen Augen von ihr hatte. Sie musterte mich von oben bis unten, von unten bis oben, so lange, bis ich endlich den Mund aufmachte und ihr die Hand reichte.

»Joséphine. Sehr erfreut.«

»Schwer erfreut? Pfff … *¡Mi amor, por favor!*«

Noch nie hatte jemand die Glaubwürdigkeit meiner kleinen Französinnenkostümierung infrage gestellt. Und das auch noch so selbstbewusst, so ungeniert und unverblümt. Es brachte mich dazu, meine Tarnung abzulegen. Pepita holte die Wahrheit aus mir heraus, vermutlich weil sie wissen wollte, auf wen ihr Sohn sich da eingelassen hatte, und ich muss gestehen, dass es mir unheimlich guttat.

Bei unserer zweiten Begegnung verriet ich ihr sogar meinen richtigen Namen, und Pepita lächelte mich verschwörerisch an, bevor sie mich für eine klug durchgeführte Verhör-Beicht-Psychoanalyse in die Küche führte. Zuerst sah sie mich erneut prüfend an, musterte mich, zerlegte mich in alle Einzelteile, doch als sich herausstellte, wie viel wir gemeinsam hatten, brachte sie mir schon bald Zuneigung entgegen. Zu meinem eigenen Erstaunen hatte ich ihr mein Herz ausgeschüttet, bis es leer war – der Birnenschnaps, den ich jedes Mal höflich trank, wenn sie mir nachschenkte, hatte wohl nachgeholfen. Auf Pepita hatte der Alkohol offenbar keinerlei Wirkung. Du stellst dir vielleicht eine Frau in der Blüte ihrer Jahre vor, *cariño*. Da irrst du dich gewaltig! Im Gegenteil, sie wirkte älter als die Welt. Ihre Haut war so zerfurcht, dass ich mich fragte, wie alt sie wohl bei Rafaels Geburt gewesen sein mochte. Selbst fünfundvierzig plus zweiundzwanzig ergab doch nur siebenundsechzig Jahre. Es lagen Welten zwischen ihrer frischen, frechen Art und ihrer fast schon greisenhaften Erscheinung!

Ich gewann ihr Vertrauen, indem ich ihr mein Herz, meinen Kopf, mein Innerstes öffnete. Ich sträubte mich nicht dagegen, und so nahm mich die Wölfin zwischen ihre Pfoten und schob mich ins Warme zu ihren anderen Jungen, als wären wir aus demselben Fleisch und Blut. Inzwischen machte sie sich doch bestimmt auch Sorgen um Rafael. Vielleicht auch nicht. Erwartete sie von mir, dass ich stark war, oder sollte ich meine Angst mit ihr teilen? Ich war unsicher, also ging ich sie vorerst lieber nicht besuchen. Wenn sie etwas wüsste, wüsste ich es auch, Pepita würde mir keine Neuigkeiten vorenthalten.

Es ist Donnerstag, neben Freitag der längste Tag der Woche, weil ich an beiden nicht arbeite. Vor dreieinhalb Wochen waren es mir noch die liebsten Tage. Am Dienstag fing ich an, die Stunden zu zählen, am Mittwoch war ich den ganzen Tag über fiebrig, und um sieben Uhr abends brach der Vulkan aus. Allein der Gedanke daran, Rafael schon bald zwei Tage und drei Nächte um mich zu haben, versetzte mich in helle Aufregung. Selbst wenn er zwischendurch wegmusste, machte es mir Freude, mich für seine Rückkehr hübsch zu machen und für ihn zu kochen; den Rest besorgte meine lebhafte Fantasie. Das nahm Rafael mit Begeisterung und Begierde auf, und schon das kleinste Detail konnte ein Feuer entfachen.

Dann wurde meine Welt auf den Kopf gestellt. Jeden Dienstag graut es mir vor Mittwoch, denn das bedeutet, dass schon bald wieder Donnerstag ist, und am Donnerstag und Freitag habe ich solche Angst, dass mir schlecht wird. Dann sitze ich in trauter Zweisamkeit mit meinen

Befürchtungen auf dem Fensterbrett und blicke zur Straße hinaus. Die Uhr spielt den Schiedsrichter. Meine panische Angst spielt die Uhr.

Die Tage vergehen in Zeitlupe. In dieser betäubenden Langsamkeit habe ich einen Rhythmus gefunden. Jeden Morgen, wenn ich das Haus verlasse, pfeife ich. Dann lehnt sich Ulrich aus dem Fenster und schüttelt verneinend den Kopf. Ich setze meinen Weg fort und gehe bei Pepita vorbei, die mir einen Kaffee anbietet. Sie gibt mir die *El Socialista* oder die *Alianza*, wenn sie eine auftreiben konnte und sie bereits selbst unter die Lupe genommen hat. Ich lese die Zeitungen, aber nur Rafaels wegen, denn, »wenn er wieder da ist, muss er doch wissen, was alles gesagt wurde und passiert ist, während er weg war!« In der Schneiderwerkstatt geht es mir fast am besten. Wie überhaupt in dem Viertel, in dem ich arbeite. Hier bin ich eine andere, und es beruhigt mich, wenn ich mich auf meine Handarbeit und meine Rolle konzentrieren kann. Ich bin die schüchterne Joséphine, präzise und tüchtig, ebenso zurückhaltend wie fleißig.

Heute Abend komme ich spät nach Hause. Ich habe eingewilligt, bis zehn Uhr zu arbeiten, da mich niemand erwartet. Seit Rafael fort ist, mache ich das oft. Meine Ersparnisse werden zusehends mehr, doch es fällt mir schwer, mich darüber zu freuen. Ich würde gern ans Meer fahren, wenn Rafael wieder da ist. Vielleicht habe ich schon genug gespart, um einen Badeanzug zu kaufen und drei Nächte in einem Hotel mit Vollpension zu bezahlen. Vielleicht sogar die Zugfahrkarten. Vielleicht auch etwas

Stoff, aus dem ich mir ein Kleid nähen kann. Und ich weiß, dass Rafael mich mit den Augen verschlingen wird, wenn er die Tür aufmacht, dass sein Begehren ihn fast übermannen wird, wenn er auf mich zukommt, und dass er es in einen Mantel aus Zärtlichkeit verwandeln wird, mit dem er mich umhüllt.

Es ist kalt heute Abend, da wärmen mich meine Gedanken und Pläne. Gestern habe ich es endlich gewagt, Pepita zu erzählen, dass ich vor Sorge umkomme, und sie hat mich beruhigt. Sie habe sich einmal drei Wochen lang in einer Höhle versteckt und von Beeren und Würmern ernährt, um den Razzien der Miliz zu entkommen. Sie findet anderthalb Monate Fortbleiben ganz und gar nicht besorgniserregend. Sie lügt, aber ich merke es nicht. Auch sie ist wie gelähmt. Sie weiß, dass der Unterschlupf der dritten Division aufgedeckt und vom Militär in Brand gesetzt wurde, doch niemand kann sagen, ob die Guerilleros gefangen genommen oder hingerichtet wurden oder ob es manchen gelungen ist zu fliehen.

Ah, es ist Sonntag, morgen komme ich vielleicht wieder an eine Untergrundzeitung, Pepita ist bestimmt unterwegs, um sie zu besorgen. Ein markerschütternder Schrei reißt mich aus meinen Gedanken. Sofort erkenne ich ihre Stimme und stürze auf die Straße. Pepita. Ich stoße die Tür zur Scheune auf, in der wir mittwochs immer unseren Tanz unter Immigranten veranstalten. Alle sind da. Man hört nichts als den Wind, der draußen pfeift, und weiter hinten zweimal ein Röcheln. Die Kommune, die Nachbarschaft, alle Spanier aus dem Viertel in einem

Kreis um Pepita und Miguels Frau versammelt. Als ich eintrete, hastet Ulrich auf mich zu. Ich höre, wie Pepita ihn schluchzend anfleht.

»¡No se lo digas, no se lo digas, Ulrich, por favor!«, ruft sie, während sie eine Seite aus der Zeitung in ihren Händen reißt und sich in den Mund stopft.

Die Szene ist so tragisch wie unwirklich. Ich möchte die Zeit anhalten, möchte, dass Ulrich nie bei mir ankommt. Dass die fünfzehn Meter, die uns trennen, sich ins Unendliche ausdehnen, damit ich niemals hören muss, was er mir sagen wird.

»Rita. Es ist vorbei.«

Ich glaube, ich musste mich übergeben und bin in Ohnmacht gefallen. Meine Erinnerungen sind etwas vage. So viele Jahre sind seither vergangen … Mir ist, als hätte mein erster Gedanke, als ich wieder zu mir kam, meinen Eltern gegolten. Dass ich sie beneidete. Sie waren zumindest zusammen gewesen. Wäre ich mir der Gefahr bewusst gewesen, ich wäre mit Rafael gefahren. Mich überkam Wut. Zum Glück blieb uns anderen Menschen die Wut. Sie linderte ein bisschen den Schmerz. Ich übergab mich noch einmal. Auf mein weißes Kleid. Pepita war am Boden zerstört. Stumm. Alles hatte sie in einem einzigen Schrei herausgelassen, und jetzt blieb ihr nur noch die Leere. Ihre Züge waren ruhig, und ihre Augen blickten ins Nichts. Dicke Tränen liefen ihr über die Wangen. Sonst regte sich nichts in ihrem Gesicht. Ich übergab mich ein drittes Mal. Ulrich hielt mir die Haare, und während ich mich vornüberbeugte, verstummte das schmerzerfüllte Gemurmel um mich herum. Ich hob den Kopf, sämtliche Blicke der Versammelten waren staunend auf mich gerichtet. Besser gesagt auf meine Brüste.

Verblüfft schaute ich nach unten, und tatsächlich, meine Brüste waren stark angeschwollen. Mein erster Reflex bestand darin, meinen Ausschnitt zurechtzuzupfen, um mich vor den neugierigen Blicken zu verstecken. Dann musste ich an Krankheit denken. Aber es gab nur eine Krankheit, die die Brüste wachsen ließ. Eine ganz besondere Krankheit.

Ich ging fort. Schon wieder. Zu wissen, dass ein winziger Teil von Rafael sich in meinem Bauch eingenistet hatte, löste in mir ein tiefes Bedürfnis aus, in meine Heimat zurückzukehren. Zu meiner Sprache, zu den Farben meiner Landschaft, zu meinen Angehörigen, zu der drückenden Hitze und den ausgiebigen Siestas, die diese Hitze unumgänglich machte, zu unserem Lachen, unseren Ritualen und Bräuchen. Ich hatte nicht geahnt, wie groß das Elend tatsächlich war, dem all jene trotzen mussten, die geblieben waren. Ich hatte nicht geahnt, wie stark unsere Landsleute unsere Flucht als Ablehnung erlebt hatten. Ich hatte nicht geahnt, dass ich in ihren Augen eine Verräterin geworden war, eine eingebildete kleine Französin. Die Freunde, die ich zurückgelassen hatte, waren inzwischen ebenfalls erwachsen, und die Freude eines Wiedersehens, die ich mir auf meiner Reise ausgemalt hatte, wurde mir nicht gewährt. Ihre Stimmen klangen kalt und vorwurfsvoll, als würde das ganze Land mich beschuldigen, es im Stich gelassen zu haben, während ich doch den Eindruck gehabt hatte, es hätte mich hinausgeworfen. Ja, deine Eltern waren von hier, aber du nicht, du bist ein Mädchen von anderswo.

Es machte mich traurig, aber im Grunde verstand ich es. Ich kannte diese Empfindungen, diese Wut, dieses Unverständnis, diese Ungerechtigkeit. Kannte sie in- und auswendig. Und von nun an wollte ich meinen Angehörigen nichts als Respekt und Wohlwollen entgegenbringen. Ich beschloss, mich ihnen weder zu erklären noch aufzudrängen. Aber genauso beschloss ich, mir selbst auszusuchen, wofür ich mich einsetzte. Wofür ich kämpfte. Nämlich dafür, meinem zukünftigen Kind all das zu geben, was ich nicht bekommen hatte. Jedenfalls all das, zu dem ich in der Lage war. Um nicht zusammenzubrechen, sprach ich mit meinem Bauch, der in nur wenigen Tagen rund geworden war.

»Weißt du was, *mi vida*? Es kann uns egal sein, ob es ihnen passt oder nicht, das hier ist unsere Geschichte. Ich werde dein Ursprung sein und du meine Wurzeln, und wir gestalten uns das Leben so, wie es uns gefällt. Wir gehen, wohin wir wollen, wir werden die sein, die wir gern wären, und zusammen entwerfen wir uns eine großartige Zukunft. Ich erzähle dir unsere Geschichte, und du kannst damit machen, was du willst. Ich werde dir erzählen, dass du aus zwei Familien von Kämpfern stammst, die für ihre Ansichten starben. Ich werde dir aus dem Büchlein hier vorlesen, in das dein Vater mit Hand und Herz geschrieben hat. Zitate und Gedichte von Frauen und Männern, die ihn inspiriert haben. Seine eigenen Worte, lose eingestreut, und ein Knistern zwischen den Zeilen. Ich bringe dir meine Sprache bei, und wenn du willst, dann wird es auch deine. Ich bringe dir die zarten Düfte aus dem Land deiner Vorfahren nahe. Denn mit dir habe ich Lust auf alles. Dass du dich selbst hierher eingeladen hast, kann doch nur einen Grund haben: Du willst Rafael und mich unsterblich machen.«

Mit dem Gedichtbüchlein in der Tasche reiste ich noch am Tag meiner Ankunft in Spanien wieder ab. Richtung Narbonne.

4.

Die Geburtsurkunde

Diese Geburtsurkunde habe ich erst lange nach ihrer Ausstellung in die Kommode gelegt, *cariño*. Ehe sie dort einen Platz fand, lag sie unter dem doppelten Boden im Nachtschrank versteckt, den ich schon habe, seitdem wir in Madrinas Haus gezogen sind. Der Nachtschrank hat mich überallhin begleitet. Nicht, dass er besonders hübsch oder praktisch gewesen wäre, aber mit seinem Geheimfach hat er sich mir immer wieder als nützlich erwiesen.

Zurück in Narbonne schrumpfte ich unter Madrinas missbilligendem Blick zusammen. Wir gingen nach oben zum Atelier, und als Leonor uns die Tür aufmachte, spiegelten sich in ihrem Gesicht in rascher Folge Überraschung, Freude und Ratlosigkeit. Mit der gepfefferten Backpfeife, die sie mir verpasste, drückte sie noch ein Gefühl aus: Wut. Als Nächstes schaute sie auf meine Brüste, meinen Bauch und suchte dann meinen Blick. Gleich fing ich mir bestimmt die nächste Ohrfeige ein.

Doch nein. Meine Schwester nahm mich lange und ausgiebig in den Arm. Dann schob sie mich sanft weg und blickte Madrina an. Auch ich drehte mich zu Madrina um, und mit einem unverhohlen schelmischen Lächeln fragte sie mich:

»¿Y quién es? Und wer ist der Vater?«

Ich brach zusammen. Meine Schwester half mir auf und führte mich zu einem Stuhl. So viel gab es aufzuholen, und ich hatte für nichts Energie. Ich war nicht mehr ich selbst. Die Hormone. Die Erschöpfung. Oder der Schmerz. Ich versuchte mich nach und nach zu besinnen, doch ich hatte nicht mit Madrina gerechnet, die vor Neugier schier platzte. Wenn sie in diesem Zustand war, war Stille, ob nun drückend oder wohltuend, ein Ding der Unmöglichkeit. Madrina wusste nur zu gut, dass sich zwischen mir und meiner Schwester nicht ohne Weiteres ein Gespräch entspinnen würde, also erzählte sie zunächst einmal von sich und gab mir gleichzeitig einen Überblick über all das, was sich in der Zwischenzeit hier ereignet hatte. Sie ließ auch den Tratsch nicht aus, schmückte ihn noch aus, kommentierte, übertrieb, so erfrischend, wie sie eben war. Schon immer hatte sie die Gabe gehabt, mich von meinem Kummer abzulenken.

Diesmal waren ihre Bemühungen vergeblich. In mir war nichts als Verzweiflung. Ich sah die beiden an, sah ihren offenen, schalkhaften Blick, hörte ihre typische Sprechweise, ihr Lachen. Auch wenn es mir das Herz erwärmte, meine Einsamkeit breitete sich aus wie Krebs. Auf einmal dachte ich an Carmen. Meine kleine Schwester war in der Schule. Ich konnte es kaum erwarten, sie zu sehen. Aber zuerst musste ich erzählen.

Ich fing ganz vorne an. Mit Entschuldigungen. Und Erklärungen. Leonor und Madrina hörten mir aufmerksam zu, mal mürrisch, mal bewundernd. Als sie das Zimmer verließen, um uns ein paar Gläser *chufa* zu holen, geriet ich ins Grübeln. Ob sie es wohl mutig fanden, dass ich mein Schicksal herausgefordert hatte? Waren sie stolz, dass ich mich getraut hatte, mir eine neue Zugehörigkeit zu suchen und aus dem auszubrechen, was eigentlich für mich vorgesehen war? Vermutlich waren sie vor allem wütend auf mich. Ich fürchtete mich vor dem Augenblick, da sie mich zur Rede stellen würden, weil ich ohne ein Wort abgehauen war. Im Grunde wusste ich, was die beiden erfahrenen Kämpferinnen über mich dachten. Mut, echter Mut, wäre gewesen, wenn ich ihnen meine Entscheidung mitgeteilt, sie umgesetzt und anschließend regelmäßig von mir hätte hören lassen. Mein Verhalten kam ihnen vermutlich ungeheuer egoistisch vor. Dass sie damit recht hatten, sollte ich erst später begreifen. Ich hatte meinen Schwestern so viel Kummer und Sorgen bereitet, dass ich mich unter Leonors strengem Blick wie ein Kind schämte. Sie war in ihrem Element. Sie hörte mir zu. Bevor sie mich, womöglich, aufs Neue zu etwas drängte.

Wir kamen zur Sache. Rafael. Wie er mich angesprochen hatte, unsere Liebe, die Kommune, die Freude, die Unabhängigkeit, seine Abreise. Je näher ich dem Ende kam, umso stockender redete ich. Die Aufregung, von unserer Begegnung und unserem gemeinsamen Leben zu erzählen, wich der Angst vor dem Ausgang. Um Zeit zu gewinnen, zog ich meinen Bericht mit Einzelheiten in die Länge. Welche Guerillagruppe, welche Einheit, die Daten, die Orte, die Kameraden, ihre Nachnamen, Vornamen, Rafaels Mutter, sein Engagement, die Zeitungen, meine Arbeit, die große Anerkennung durch meine Vorgesetzten, meine Ersparnisse, meine Eigenständigkeit … Alles Unwichtige schmückte ich bis ins Kleinste aus. Mitten in einem Satz, der mir völlig unwesentlich erschien, erstarrte Madrina. Entsetzt zog sie mich in ihre Arme und nahm mein Gesicht fest in die Hände:

»*Cállate mi amor, cállate mi pobrecita, por favor …*« (Sei still, meine Liebe, bitte sei still, meine arme Kleine.)

Was hatte ich da nur gesagt? Während Madrina mir über die Haare strich, flüsterte sie meiner Schwester zu:

»*Son los dos a quienes cortaron los dedos y quitaron los ojos, Rafael es el hijo de la Pepita, la de la oficina de la Juventud republicana.*« (Das sind die beiden, denen sie die Finger abgeschnitten und die Augen herausgerissen haben, Rafael ist der Sohn von Pepita, die von der Abteilung für die Republikanische Jugend.)

Alles wurde weiß. Oder vielleicht schwarz. Kaum dass Madrina *Juventud republicana* gesagt hatte. Ein Schwall von Bildern, und dann alles weiß. Oder vielleicht schwarz. Ich höre wieder die ohrenbetäubende Stille, als ich in die Scheune eintrat, ich sehe Pepita, wie sie sich die Zeitungsseite in den Mund stopft, wie sie Ulrich zuruft, er solle es mir nicht sagen, ich sehe wieder mein weißes fleckiges

Kleid, sehe, wie Pepita auf meine Brüste starrt … Alles. Innerhalb einer Sekunde. Dann übergebe ich mich. Dann nichts mehr.

Als ich die Augen wieder öffnete, lag ich in meinem Bett, dem Bett, in dem ich vor meiner Abreise nach Toulouse geschlafen hatte. Und auch die übrigen Möbel standen wieder dort, wo sie vorher gestanden hatten. Sogar meine Nähmaschine. Eine schlagartige Rückkehr ins Vorher. Ich fühlte mich benommen. Kurz fragte ich mich, ob ich dieses Zimmer vielleicht seit zwei Jahren gar nicht verlassen hatte. War Rafael womöglich nichts als ein Traum gewesen? Ein vergängliches Geschenk des Sandmanns, der mir zu viel von seinem Zauberpulver auf das Kopfkissen gestreut hatte? Eine Stimme riss mich aus meinen wirren Gedanken. Ich zuckte zusammen. Blickte mich um.

»Du hast neunzehn Stunden geschlafen.«

»Wer sind Sie?«

»Na, da habe ich aber einen nachhaltigen Eindruck bei dir hinterlassen.«

Die Stimme kam mir bekannt vor, aber das Gesicht im Profil und die dazugehörige Gestalt, die gerade einen Tee zubereitete, sagten mir nichts. Das Dämmerlicht und meine Benommenheit machten mir die Sache nicht leichter. Der Mann war groß, sehr schmal, nicht wirklich gut aussehend, aber auf charmante Weise seltsam, und der Klang seiner Stimme hatte etwas Beruhigendes.

»Ich wusste, dass du zurückkommen würdest.«

»Nun sag schon, wer bist du?«

»Jetzt bin ich aber gleich beleidigt, Rita … Ja, schon, ich war spät dran mit der Pubertät, aber abgesehen davon, dass ich gewachsen bin und einen Bart habe, bin ich doch immer noch derselbe, oder?«

Daran, wie er unauffällig versuchte mir zu gefallen, erkannte ich schließlich, wer er war.

»André.« Ein wenig verblüfft stellte ich fest, wie sehr mein früherer Beschützer sich verwandelt hatte.

Er gab mir einen Kuss auf die Stirn. Das überraschte mich. Außer Rafael hatte das niemand gemacht seit … seit meinem Vater. Mein Vater … Der Gedanke an ihn tat mir gut.

»Aber Madrina sagte mir, dass du weggezogen bist!«

»Meine Eltern wohnen noch gegenüber, und gestern Abend, als du ohnmächtig wurdest, war ich gerade bei ihnen zu Besuch und habe gehört, dass du da bist. Seitdem schaue ich dir beim Schlafen zu, nur für den Fall, dass du zu schwach bist, um aus dem Fenster nach mir zu rufen, wenn du mich brauchst«, sagte er mit einem Lächeln.

André hatte sich verändert. Ich musterte ihn, während er über meine Verfassung sprach. Bei dem Gedanken daran, was meine Ohnmacht ausgelöst hatte, glaubte ich aufs Neue das Bewusstsein zu verlieren. Doch ich blieb stark. Ich biss die Zähne zusammen, denn mein Kind sollte sich nicht davor fürchten, dass es mich in weniger als einem knappen halben Jahr treffen musste. Meine zurückgehaltenen Tränen drohten in Schluchzern aus mir herauszudringen. Nichts dergleichen geschah. Rafael und sein Blut lebten in mir weiter, und das bedeutete, dass ich es schaffen würde, es würde gehen, ich brauchte niemanden. Mein Kind und ich, wir brauchten niemanden. Die Mutter in mir war erwacht, und schon jetzt, oder besser gesagt schon wieder, lehnte ich mich gegen mein Schicksal auf. Ich bot ihm die Stirn wie ein Stier in der Arena dem Matador. Der Stier weiß, dass er eines sicheren Todes sterben wird, aber in diesem Moment kämpft er, er bringt sich nicht in Sicherheit, er trotzt seinem Gegner, er behält seine Würde.

Ohne mein Kind hätte ich niemals die Kraft gehabt, diesen Albtraum zu überstehen. Ihm verdankte ich alles. Meine Energie, meinen Willen, meinen Mut. Alles. Dem Kind und der spürbaren Erinnerung an Rafael. Eine rettende Kraft trug mich, ich hätte schwören können, dass es Rafael war, der mich in seinen starken Armen hielt. Von nun an würde ich seine Hand nicht mehr loslassen, und beinahe hätte ich wieder einschlafen können.

Ich hatte vergessen, dass André da war, er saß neben mir. Schweigend. Er ließ mir Zeit, aus meinen eigenen Kraftreserven zu schöpfen. Lange ließ er mich in Ruhe meinen Gedanken nachhängen, bis er mir schließlich die Hand auf den Bauch legte. Diese Berührung empfand ich als Angriff, aber ehe ich reagieren konnte, fing er an zu reden.

»Ihr beide seid nicht mehr allein. Ihr habt hier deine Schwestern und Madrina und dann noch meine Mutter, die es kaum erwarten kann, ihre Näharbeiten wieder in deine Feenhände zu geben, und Louis, der für dein *pan con tomate* Kopf und Kragen riskieren würde … Und ich glaube, Angelita und Jaime und ihre Jungs kennst du auch, oder? Sie sind kurz nach deiner Abreise in Leonors Zimmer gezogen. Dann ist da noch dein *tío* Pepe, der hat sich ziemlich verändert, seitdem seine Frau ihn verlassen hat, du wirst deinen Augen nicht trauen …«

Hatte ich es doch gewusst, dass sich in Angelitas riesigem Bauch Zwillinge versteckten. Hatte ich es doch gewusst, dass Jaime uns schließlich finden würde. Genau wie ich gewusst hatte, dass das Leben diesen Drückeberger *tío* Pepe einholen und er eines Tages mit eingezogenem Schwanz bei uns vor der Tür stehen würde. Gut gemacht. Wäre ich nicht so geschwächt gewesen, hätte ich einen Freudentanz aufgeführt.

Die Tür ging auf, und plötzlich war Carmen da. Mit gerunzelter Stirn stand sie in der Tür und sah mich zornig an.

»Ich hasse dich, Rita«, platzte sie heraus, bevor sie sich mir in die Arme warf und in Tränen ausbrach.

Das Erste, was mir in den Sinn kam, war albern: was für ein schönes junges Mädchen. Ich drückte sie so fest ich konnte an mich, denn sie sollte allein in dieser Umarmung spüren, wie sehr sie mir gefehlt hatte, wie viel ich an sie gedacht hatte, wie sehr ich sie liebte und wie sehr ich es mir zum Vorwurf machte, dass ich sie zurückgelassen hatte.

»Ich lasse dich nie wieder allein, *mi cielo*, das schwöre ich. Bitte versteh mich, meine Süße, ich erzähl dir auch alles.«

André hatte diskret das Zimmer verlassen. Er war immer sehr diskret. Bodenständig. Unaufdringlich. Unscheinbar. Ausgeglichen. Nicht hitzig. Nicht leidenschaftlich. Beinahe teilnahmslos. Das Gegenteil von Rafael. Aber er war vorausschauend und ehrlich. Darin war sich das gesamte Viertel einig, ich eingeschlossen, schon seit wir uns zum ersten Mal begegnet waren. Seit er als schmächtiger Jugendlicher am Tag nach meiner Ankunft im Mietshaus einen Zettel unter meine Tür geschoben hatte: »Rita, ich wohne gegenüber, ich habe dich in der Schule gesehen und wollte dir sagen, dass nicht die ganze Welt die Spanier hasst. Wenn sie dich morgen wieder ärgern, darf ich dir dann bitte helfen? André.« Madrina hatte mir seine Nachricht übersetzt und mir freundlich vorgeworfen, ich würde schon in meinem zarten Alter Männern den Kopf verdrehen. Am nächsten Tag schrieb André mir das Gleiche noch einmal, diesmal auf Spanisch, und fügte hinzu: »Tut mir leid wegen gestern, ich bin dumm, du kannst wahrscheinlich noch kein Französisch.«

Carmen erdrückte mich fast mit ihren zierlichen Armen und holte tief Luft:

»Ich bin nicht mehr sauer auf dich, ich weiß, dass der liebe Gott dich schon genug bestraft hat. Ja, erzähl mir alles. Von der Freiheit, von deiner Liebe … Aber nicht das Ende. Nur bis dahin, wo alles noch schön ist. Bis dahin, wo dein Schatz zur Guerilla fährt. Den Rest kenn ich schon, also das Wichtigste, und das interessiert mich nicht.«

Ich unterbrach meine hinreißende kleine Schwester. Sie wollte lieber in meinen Abenteuern schwelgen, als weiter wütend auf mich zu sein. Das war sie, wie sie leibt und lebt.

»Also gut, dann immer schön der Reihe nach, *mi amor*. Die katholische Schule hat dich offensichtlich auf Abwege gebracht. Noch ein Grund, dich nie wieder allein zu lassen! Glaub mir, der liebe Gott hat damit nichts zu tun. Das hat er übrigens fast nie. Und wenn doch, dann nur, weil er *jaleo* will, und dann produziert er nur Leid am laufenden Band. Soll Gott sich doch zum Teufel scheren, wie Mama früher immer sagte. Komm, leg dich zu mir, ich erzähle dir von Rafael, wie früher, wenn ich dir Kindergeschichten erzählt habe. Und ich denke mir ein neues Ende aus, so wie als du klein warst.«

Nachdem ich zwei Wochen lang jede Nacht fünfzehn Stunden geschlafen hatte und alles aus meinem Gedächtnis gelöscht war, was mich lähmte, fing ich wieder an zu arbeiten. Und wie so oft sollte mich die Arbeit retten! Dazu machte es mich stolz wie ein Pfau, als ich bemerkte, wie gerührt Leonor und Madrina über die Fortschritte waren, die ich ohne sie gemacht hatte. Um meine Trauer zu bewältigen, beschloss ich, so ohne Rafael zu leben, als wäre er noch da. In einer unsichtbaren Version. Eine Art Ersatz für Gott. Da, aber nicht da. Allwissend nennt man das, glaube ich. Jemand, der berät, leitet, alles beherrscht, ganz unauffällig. Eine Seele, die um mich kreiste, mich beschützte, mich aber auch beurteilte und vor der ich Rechenschaft ablegen musste, zumindest in meinem Kopf.

Ich dachte an meine anarchistischen Eltern: Mama, Papa, ich glaube, es ist so weit, ich habe mich endgültig für einen Gott entschieden. Und er heißt Rafael.

Mein Kind kommt an einem Abend im Februar zur Welt. Ohne Komplikationen. Zwanzig Uhr, erste Wehen. Zweiundzwanzig Uhr, meine charmante Heerschaar von Helferinnen trifft ein. Ja, zu der Zeit war eine Geburt reine Frauensache. Ohne Scham und mit nur einer Devise: Je mehr Frauen mitmischten und das Kind umringten, umso besser. Zweiundzwanzig Uhr dreißig, die Arbeit beginnt. Leonor wollte dem Baby heraushelfen, sie kannte sich aus, sie stand kurz vor dem Abschluss ihrer Ausbildung zur Hebamme. Aber sie war selbst im sechsten Monat schwanger, und so übernahmen Andrés Mutter und Angelita. Der Bauch meiner Schwester war bereits so groß wie meiner kurz vor der Entbindung, ein Wal konnte in dieser Situation nicht viel ausrichten. Während ich presste, genehmigte Madrina sich die Flasche Schnaps, wir hatten also nichts mehr, womit wir die Nabelschnur desinfizieren konnten. Carmen ging nach unten, um die Flasche Whiskey zu holen, die Jaime unter der Treppe aufbewahrte. Wir mussten lachen, denn Angelita wurde fuchsteufelswild, als sie erfuhr, dass ihr Mann Alkohol im Haus versteckte. Dann lachten wir uns alle kaputt bei der Vorstellung, wie Carmen sich von Jaime würde zusammenstauchen lassen müssen. Und was sie von ihm zu hören bekam! Er platzte herein und brüllte meine kleine Schwester an, es gehöre sich nicht, jemanden zu verpfeifen, auch nicht im Notfall!

Viertel vor elf, und seit wenigen Sekunden hielt ich mein Kind in den Armen. Jaime war der erste Mann, der es zu Gesicht bekam. Kaum hatte er das kleine neue Wesen entdeckt, erlosch sein Zorn, und das rief erneut wildes Gelächter bei uns hervor. Meine erste Geburt war eine erstaunlich fröhliche Angelegenheit. André kam herein, als Madrina das Kleine gerade im Waschbecken wusch. Die Nachbarinnen hatten mit allerlei selbst gemachten Geschenken ihre Aufwartung gemacht und das Zimmer wieder verlassen. Kuchen, Grießpudding, Paella, Wäsche, Wickeltücher, Kleider und Decken für das Baby, alles hatten sie mitgebracht. Und natürlich hatte jede der Nachbarinnen etwas zu sagen gehabt. Manche brachten mir unerträgliches Mitleid entgegen und erinnerten mich daran, dass Rafael niemals unser Kind im Arm halten würde. Die meisten erteilten mir jedoch reizende kleine Ratschläge, und dazu gehörte stets ein unfehlbares Heilmittel ihrer Großmutter gegen diese oder jene Beschwerden eines Säuglings. Andere sorgten sich bereits, dass man das Kind auch taufe, während manche fantasierten, dass seine berühmte Großmutter, »La Pepita«, uns besuchen käme. Hemmungslos krakeelend fielen sie sich gegenseitig ins Wort und zählten sämtliche jungen Männer des Viertels mitsamt Maßen, Hintergrund sowie Größe des Geldbeutels auf, und natürlich sollte ich mir schleunigst einen aussuchen, der mir helfen würde, für die Bedürfnisse des Babys aufzukommen. Mit ihrer blumigen Sprache, die nach mehreren Jahren in Frankreich eine Mischung aus Spanisch und dem hiesigen Dialekt war, hätten sie Gottesdienste und Beerdigungen abhalten können. Sie hatten mich gemeinsam beschützt wie ein Tier sein Junges und mein Geheimnis sechs Monate lang für sich behalten, und das war eine Seltenheit, die wirklich Würdigung verdient hatte. Die Einheimischen nannten die Spanierinnen auf der Straße meist »lautes Mundwerk«, wir anderen sagten *los chismosos*, die Klatschtanten.

Als André hereinkam, betrachtete er das Neugeborene lange und unendlich zärtlich. Nichts mehr zählte außer diesen sechs Pfund Verletzlichkeit und Liebe, und wie von allein brachten sie in jeder Geste, in jedem Gesichtsausdruck Andrés väterliche Seite zum Vorschein. Dann sah er mir in die Augen. Ohne mich zu Wort kommen zu lassen, erklärte er:

»Dieses Kind braucht einen Vater und du eine Schulter. Willst du dich wirklich wie damals, als du hier angekommen bist, den Blicken der Leute ausliefern? Über alleinstehende Mütter ziehen die bürgerlichen Klatschbasen hier im Viertel noch mehr her als über Immigranten, du hast sie doch in Aktion erlebt, Rita! Ein halbes Jahr hast du eingesperrt in diesem Haus verbracht, jetzt ist es an der Zeit, dass du die Außenwelt wiederentdeckst, und zwar zusammen mit deinem Kind. Mit unserem Kind. Ich lasse nicht zu, dass du das ohne mich durchmachst.«

Am nächsten Tag verschied Andrés Vater unerwartet an Herzversagen. Und André ging zum Rathaus, um meine Tochter anzuerkennen. Genau, *mi pichoncita*, dieser André ist dein Großvater. Der wunderbare Großvater, den du schon von klein auf kennst. Du kannst den Umschlag jetzt aufmachen, darin liegt die Geburtsurkunde meines ersten Kindes: Rafaels Tochter, die André so liebevoll großgezogen hat, als wäre sie seine gewesen.

Ja, *cariño*, aus der unermesslichen Liebe zwischen Rafael und mir, aus meiner Tragödie, die doch noch ein glimpfliches Ende gefunden hat, ist deine Mutter entstanden. Und sie hat nie davon erfahren. Die ganze Kraft Spaniens brodelt in eurem Blut. Du spürst es, merkst es, drückst es mit deinem ganzen Wesen aus. Deine Mutter hingegen hatte den Deckel auf den Kochtopf gelegt, und als er zu pfeifen anfing, war es schon zu spät.

Weißt du, als deine Mutter mit dir schwanger war, habe ich versucht, mit ihr zu reden. Vor allem, und das war sehr egoistisch, weil es für mich eine ziemliche Umwälzung bedeutete, dass ich Großmutter wurde, fast so sehr, wie Mutter zu werden. Du musst es dir so vorstellen, dass das Leben dir auf diesem Wege mitteilt: »Erst warst du Tochter, dann wurdest du Mutter, und jetzt stehst du kurz vor deiner letzten Rolle – noch eine Etappe, und dann ab auf den Friedhof!« Das wollte ich mir erleichtern, und mir war bewusst geworden, dass ich das Schweigen bald brechen sollte. Mit dem Alter lernt man, dass Familiengeheimnisse zu nicht rechtzeitig entdeckten Tumoren werden können. Deine Mutter wollte nichts davon hören, und ich beschloss, ihren Wunsch zu respektieren, auch wenn es mir nicht die beste Idee erschien, diese Leiche im Keller zu bewahren. Wahrscheinlich war ich es zu plump angegangen, du kennst mich ja, ich und

meine Holzpantinen, vielleicht hatte ich ihr Angst gemacht. Obwohl ich mich, wenn mein Gedächtnis mich
nicht täuscht, auf ziemlichen Umwegen an das Thema
herangepirscht hatte:

»Du stellst dir doch sicher viele Fragen, jetzt, da dein
bebito bald kommt, meine Liebe. Vor deiner Geburt habe
ich mir das Hirn zermartert, in meinem Kopf herrschte
ein völliges Durcheinander. In einem Moment philoso-
phierte ich über das Dasein, und im nächsten versuchte
ich, all das an meiner neuen Rolle vorherzusehen, was am
wenigsten vorhersehbar war. Ich wollte unbedingt allem
einen Sinn geben, und lauter existenzielle Fragen pras-
selten auf mich ein, zum Beispiel, was den Selbstmord
meiner Eltern anging. Sollte ich dir davon erzählen? Und
wenn ja, wann? Wenn du volljährig wärst? Letztlich hat
sich alles von selbst ergeben, du hast die Fragen gestellt,
und das hat den Rhythmus bestimmt. Findest du, man
sollte Geheimnisse für sich behalten?«

Deine Mutter, die so anders geraten war als ich, antwortete in aller Seelenruhe:

»Mama, ein Geheimnis ist dazu da, dass man es bewahrt, das ist sein Wesen. Wenn man es offenbart, zerstört man es, lässt man es in Rauch aufgehen, und dann
kann es sich fürchterlich rächen.« Sie lächelte. »Ich rühre
Geheimnisse nicht an. Ich lasse sie in ihrem Versteck.
Glaub mir, Mama, es ist besser so.«

Nachdem sie mich so klar und deutlich gebeten hatte
zu schweigen, fiel es mir schwer, einen erneuten Anlauf
zu wagen. Und weil deine Mutter die Verantwortung

dafür nicht übernehmen wollte, gehören die Schlüssel zu der Kommode und zu unseren Geheimnissen nun dir. Angefangen mit diesem Blatt Papier, dessen Geschichte du jetzt vollständig kennst, obgleich deine Mutter bereit war, unsere liebevolle Lüge zu glauben. Auf der Urkunde müsste Rafaels Name, der Name deines leiblichen Großvaters, stehen, doch es war Andrés Name, der deine Mutter und mich damals schützte. Es ist kein Geschenk, vielleicht ist es sogar eine Bürde, aber du wolltest so dringend Licht in deine Herkunft zu bringen, und zwar schon lange bevor du Psychologie studiert hast, dass ich glaube, ich bin es dir schuldig. Wie sagst du doch gleich? Ah, genau: zu wissen, woher man kommt, um zu wissen, wohin man geht.

5.

Der Samenbeutel

Die Samenkörner stecken in einem der mit meinem Namen bestickten Drageesäckchen, die die Gäste auf meiner Taufe bekommen hatten. Auf Bitten unserer Mutter hin nahm Leonor den Beutel mit, als wir Spanien verließen. Die Verantwortung für diesen Schatz war eine enorme Aufgabe. Vielleicht hat Leonor ihn mir deswegen endgültig anvertraut, als André und ich uns zusammen hier niedergelassen haben: Weil sie sich der Rolle als Verwahrerin endlich entledigen wollte. Ich war unbesorgt, in meiner Kommode konnte den Samen nichts passieren.

Schau dir die acht Maulbeerbäume hinten auf unserem Grundstück an: Der Baum ganz links ist der, den André gepflanzt hat, als deine Mutter geboren wurde. Er hat sogar den Umzug von Narbonne nach Marseillette überlebt. Obwohl er der älteste ist, *mira*, ist er nicht so knorrig wie die anderen.

Du kennst ja unsere Tradition: Bei jeder Geburt in der Familie pflanzt der frischgebackene Vater einen Samen aus diesem Beutelchen ein. Dein Maulbeerbaum ist der fünfte. Dein Vater hatte einen grünen Daumen. Ist dein Baum nicht wunderschön? Diese Tradition gehört uns allein. Unter größten Anstrengungen ziehen wir den jungen Trieb groß, wir begleiten ihn bei seinem Wachstum, wenn er am zerbrechlichsten ist, und hoffen darauf, dass das Kind, bei dessen Geburt er gepflanzt wurde, irgendwann genauso wächst wie er. Diesen Brauch hatte mein Großvater etabliert, denn das Einzige, was wir im Überfluss hatten, waren Samen. Schaue ich mir den Garten so an, finde ich, dass es eine wunderbare Idee war. Wenn einem nichts mehr bleibt, keine Vergangenheit oder nichts, was einen daran erinnern könnte, dann ist es tröstlich, wenn man seinem Leben beim Wachsen zusehen kann. Während die Bäume sich verwurzeln und größer werden, stellt man fest, dass man sich selbst auch verankert, und dann fühlt es sich an, als hätte man eine riesige Lunge. Eine, die auf Hochtouren läuft.

Wenn man am Ende ist, geben die Bäume einem neue Kraft. Genau wie meine Tochter Cali. Kaum steckte sie die Nase heraus, traf sie uns mit ihren schwarzen Äuglein, die forschend und entschlossen in die Welt guckten, mitten ins Herz. Von wegen Babys wären ahnungslos! Das Glitzern in den unendlich tiefen Augen deiner Mutter ließ keinen Zweifel daran, dass sie alles musterte, alles unter die Lupe nahm, alles analysierte. Nichts an ihr war naiv. Alles war klug. Oft runzelte sie die Stirn, als verfolgte sie in ihrem Köpfchen sehr ernsthafte Gedankengänge. Es war goldig. Und irritierend.

Dein Großvater sorgte so hingebungsvoll für die Kleine, dass er selbst die modernen Väter von heute übertraf. Nur noch Cali zählte. Sonst nichts. Oder doch, seine Arbeit natürlich, zum einen tat sie ihm gut, und zum anderen war sie eine bequeme Einnahmequelle. Wo er sonst nur Augen für mich gehabt hatte, war er nun ganz und gar auf Cali fokussiert. Und wenn ich daran zurückdenke, war es weiß Gott kein Wunder, dass ihre Augen uns um den Verstand brachten. Und wie. Du hast übrigens die gleichen Augen, *cariño*.

Aber in den Gesichtszügen deiner Mutter sah ich neben dem, was ich an sie weitergegeben hatte, auch Rafael. André sah ich ebenfalls, als hätte die bedingungslose Liebe, die er Cali vom ersten Atemzug an entgegenbrachte, sie bereits ein wenig »französisiert«. Das würde ihr alles einfacher machen. Die bürgerlichen Damen des Viertels würden zwar schlucken müssen, dass einer von ihnen einen Fehltritt mit einer von uns begangen hatte, aber wenn sie den Schock erst mal verdaut hatten … dann war Cali immer noch Halbfranzösin »väterlicherseits«. Ich stellte mir vor, dass so ein Leben möglich war, für Cali, für mich. Schon so lange hielt dein Großvater meine Hand und beschützte mich stumm, alles wies darauf hin, dass darin unser Glück liegen konnte. André war zwar nicht Rafael, aber das musste ich nicht betrauern, denn Rafael war stets bei mir und hielt mich warm. Nur auf andere Weise.

Manchmal fragte ich mich, ob André das alles für mich machte oder für sich. Deine Mutter verschaffte ihm die

Rolle seines Lebens, und anscheinend hatte er seit Jahr und Tag darauf gewartet. Vielleicht hatte auch der Tod seines Vaters, der fast mit Calis Geburt zusammenfiel, etwas damit zu tun. Cali nahm den Platz eines anderen Lebens ein. Ich stellte mir vor, dass André mit dem Geist seines Vaters zusammenlebte wie ich mit Rafaels Geist. Sah André mich deswegen nicht mehr? In seinem Herzen war nicht mehr genug Platz für mich. War sein Herz tatsächlich so eng? Für meine Liebe, die ich wachsen ließ wie die Maulbeerbäume, hatte es jedenfalls nur eine klitzekleine Öffnung. In mir steckte genug emotionale Energie, um die Erwartungen von André, Rafael, Cali und anderen zu erfüllen. In ihm nicht.

Ob du es glaubst oder nicht, dieser Mann, der mir schon so lange den Hof gemacht hatte, hatte das Interesse an mir verloren, als unser gemeinsames Leben gerade erst begann. Und obwohl ich mich hätte freuen sollen, dass meine Tochter mit Aufmerksamkeit überschüttet wurde, ging ich langsam zugrunde. Schon bald nach Calis Geburt zogen wir zu dritt in ein Arbeiterhäuschen am Stadtrand, weit weg vom geliebten Zentrum, wo die Immigranten die Straßen und Märkte belebten. Meine Lebensfreude sank entsprechend der höheren Quadratmeterzahl. Wie André konzentrierte auch ich mich auf mein Kind, nichts anderes zählte mehr, und zum Glück beschenkte Cali mich reichlich mit ihrem Lächeln. Wenn wir zu zweit waren, wurde alles einfach und heiter. Rafael gesellte sich zu uns und flüsterte mir zu, wie froh er sei, wie stolz auf die Mutter, die ich geworden war. Cali machte mich sanfter, das stimmt. Tatsächlich war ich meiner Mutter nicht mehr so ähnlich. Sie war bis zu ihrem tragischen Ende ein Heißsporn gewesen, und die Mutterschaft hatte daran nichts geändert.

Ja, wären wir in Spanien geblieben … Wären wir geblieben, wären wir vielleicht im Krieg umgekommen, man hätte uns unter Umständen gefoltert oder ermordet, uns beschuldigt, wir trügen »rote Gene« in uns, oder wir hätten später Seite an Seite mit unseren Peinigern leben müssen unter dem Vorwand, der Krieg sei vorbei. Das Schlimmste ist, dass es andauert: Kurz vor deiner Geburt hat Spanien ein Amnestiegesetz erlassen, das allen Kriegsverbrechern unter Franco Straffreiheit zusicherte. All jene, die seit Jahren die Zähne zusammengebissen und gehofft hatten, eines Tages mitzuerleben, wie die Justiz die Opfer unter Franco anerkannte, wie die Mörder und Folterer bestraft würden, die seine Befehle ausgeführt hatten – und das nicht selten mit perverser Genugtuung –, mussten damit weiterleben. Als ich nach Rafaels Tod nach Spanien zurückgekehrt war, hatte ich festgestellt, dass die Straße, an der meine ehemalige Schule stand, umbenannt worden war nach eben jenem General, der ein Kopfgeld auf meine Eltern ausgesetzt hatte. Diese Straße heißt heute immer noch so, ist das nicht unfassbar? Damals habe ich erst richtig verstanden, was diese besondere Art von Krieg bedeutet, die sich »Bürgerkrieg« nennt. Die Verlierer gehen nicht nach Hause, genauso wenig wie die Sieger, o nein. Die Verlierer müssen sich mit den Siegern arrangieren und ihnen stumm dabei zusehen, wie sie durch die Straßen stolzieren. Wir mit unserem verfluchten Eigensinn hätten das nicht ausgehalten. Meine Mutter war widerspenstig gewesen, Leonor war zurückhaltender, aber ihre politische Überzeugung nahm in ihrer Lebensphilosophie ebenso viel Raum ein wie ihr Hintern auf einem Stuhl. Also den gesamten Raum. Jedenfalls bis zur Geburt ihrer Tochter. Mich hat Calis Geburt auch verändert.

Wie schwindelerregend und wunderbar, das in sich keimen zu spüren. Leben zu schenken ist, als würde jemand einem einen Pflasterstein ins Gesicht schleudern. Den schönsten Stein auf der ganzen Welt, mit dem allerschönsten Schwung, der allerschönsten Bewegung geworfen … aber eben doch mitten ins Gesicht. Leonors und mein mütterliches Bewusstsein, wenn es denn so etwas gibt, hatte womöglich die Wunden geheilt, die unsere Eltern uns zugefügt hatten. Nichts würde je wichtiger sein als meine Tochter, das spürte ich, jede meiner Entscheidungen wurde von nun an von ihrer Existenz bestimmt. Ich war nicht wie meine Eltern. Mein Streben galt Calis Glück, meine größte Rolle war die, die sie mir Stunde um Stunde beibrachte, Tag für Tag und leider auch Nacht für Nacht. Manchmal kam es mir vor, als riefe sie nach ihrem Vater und als würde sie umso lauter, je weiter der Tag in die Nacht hineinreichte. Man hätte meinen können, sie suche ihn wie sie meine Brust suchte, instinktiv, von tief innen heraus. Immer wieder versicherte ich ihr, dass ich da war, dass ihr Vater da war, aber dieses kleine Geschöpf hatte gewittert, dass seinem winzigen Dasein eine Haut fehlte, ein Geruch oder eine Stimme. Und während der Himmel sich verdunkelte und die ersten Sterne auftauchten, wurden ihre Schreie immer klagender, ihr Weinen beinahe zu einem Schluchzen.

Ich begann André häufiger meine Zuneigung zu zeigen. Und Cali auch. Sie sollte sehen, dass wir eine Familie waren, meine liebevollen Gesten sollten sie besänftigen. Außerdem war sie inzwischen zehn Monate alt, und es war an der Zeit, dass André und ich uns eine eigene Geschichte nur für uns aufbauten. Je mehr Zeit verging, umso stärker wurden meine Empfindungen für ihn, genau wie mein Bedürfnis nach emotionaler und körperlicher Nähe. André schien sich keine Gedanken um die Zukunft unserer Liebesbeziehung zu machen, nur um die Zukunft der Familie. Es verletzte mich zutiefst, dass ich seine Aufmerksamkeit partout nicht auf meine Kurven lenken konnte, und es machte mich rasend. Ich wollte spüren, dass wir ein Liebespaar waren und nicht bloß Eltern. Vielleicht setzte ich ihn mit meinen übertriebenen Annäherungsversuchen zu sehr unter Druck. Die Fragen und die Ungewissheit fraßen mich auf. Mein junger Körper schrie nach Adrenalin und Leidenschaft. Genau wie meine Persönlichkeit.

Bevor Andrés Gleichgültigkeit mich vollkommen hysterisch werden ließ, musste ich handeln. Mit meiner Kleinen auf dem Rücken fuhr ich in die Stadt, um Madrina um Rat zu fragen. An Leonor wollte ich mich nicht wenden, das wäre mir unangenehm gewesen. Es stimmte, bisher kannte ich nur Rafael, und bei ihm hatte ich nicht den ersten Schritt machen müssen, wir waren wie von selbst aufeinander zugeschwebt, das Schicksal unser *gasolina*, unser Antrieb. Madrina, die Spitzbübin, lachte lauthals, als sie mein Anliegen hörte. Für sie war alles mit Männern ein Klacks. Sicher, sie kamen nur kurz zu Besuch, nie blieben sie bis zum Morgengrauen, aber einen Mann für ein paar intime Stunden einladen, das konnte Madrina zweifellos! Ich gehe nicht ins Detail, denn was sie sagte, war zu pikant, als dass eine Großmutter es ihrer Enkelin servieren könnte, aber was haben wir gelacht! Mit Unterwäsche aus weißer Seide von anno dazumal im Gepäck, die wie angegossen saß, fuhr ich wieder nach Hause, halb euphorisch, halb verschämt. Ich kam mir auch ein bisschen dumm vor, denn André hatte sich seit Calis Geburt so wenig für mich interessiert, dass es für meine bevorstehenden sinnlichen Avancen nichts Gutes verheißen konnte. Als ich mich wie jeden Abend neben ihn legte, ergriff ich die Initiative, aber da mein Lampenfieber sämtliche Ratschläge von Madrina weggefegt hatte, ließ ich mich nur von meinem Instinkt und meinem Verlangen leiten.

André nahm es gar nicht mal so schlecht auf, und wir setzten es gar nicht mal so schlecht um, es war ja unsere allererste körperliche Annäherung. Sie fiel unbeholfen aus, holprig, aber auch zärtlich. Vertraute Empfindungen kehrten zurück und mit ihnen dieses Gefühl von Ausnahmezustand, das mir in meinem Alltag so sehr fehlte. Ich mochte Andrés Duft, seine Haut, und irgendwann liebte ich auch alles andere, denn ich wollte es würdigen, dass er Cali ein Vater war und mir damit ein Geschenk machte. Auch wenn sich unsere Körper in jener Nacht noch nicht vollständig aufeinander eingespielt hatten, war ihnen doch unbemerkt die Vereinigung gelungen. Als Madrina erfuhr, dass ihre Ratschläge im wahrsten Sinne des Wortes gefruchtet hatten, sollte sie vor versammelter Gesellschaft sagen:

»Diese Rita, kaum schaut ihr ein Mann etwas zu lange in die Augen, schon hat sie einen Braten in der Röhre.«

Ich hatte den Eindruck, dass die Männer aus Madrinas Haus von diesem Tag an den Blick senkten, wenn sie mir begegneten. So selbstbewusst und ungestüm, wie Madrina auftrat, konnte sie auftischen, was sie wollte, die Leute nahmen es ihr ab. Mit ihr hatte man es wahrhaftig nicht leicht!

Während meiner zweiten Schwangerschaft ging es mir nicht gut. Weil ich mich seit unserem Umzug so unendlich einsam fühlte, rauchte ich wieder wie ein Schlot. André wollte, dass ich aufhörte, denn ein befreundeter Arzt, der in den USA arbeitete, hatte ihm gesagt, es könne dem Baby schaden. Mir blieb ohnehin schon nicht viel zu tun in meinem Bau, sobald ich die Hausarbeit erledigt hatte und die Kleine schlief, und jetzt auch noch das … Ich hatte einen Schritt auf André zu gemacht, aber es brachte ihn nicht dazu, den nächsten zu unternehmen. Er arbeitete viel, und wenn er nach Hause kam, hatte er nur Augen für Cali. Meine Hormone spielten verrückt, und ich konnte es kaum ertragen, dass er mich abwies. Legte ich meine Hand auf seine, zog er sie einfach zurück. Schlug ich ihm vor, zusammen auf dem Weinlesefest etwas trinken zu gehen, lehnte er ab unter dem Vorwand, er sei müde. Ich kam mir vor wie eine harterkämpfte Trophäe, die im Regal zum Staubfänger wird.

Ich fühlte mich machtlos und genauso verlassen wie damals, als ich von der Entscheidung meiner Eltern erfuhr. Auch jetzt brach meine Verletztheit unkontrolliert aus mir heraus. Wie bei einem Geysir schäumte meine Wut schon bei den unbedeutendsten Kleinigkeiten über. Je einsamer ich mich fühlte, umso verunsicherter wurde ich. Und je mehr ich weinte, umso mehr ignorierte mich André. Ich kam mir abwechselnd idiotisch, hässlich, bedeutungslos, abstoßend vor … So verwirrt war ich, weil er mir seine Liebe vorenthielt.

Einen Tag in der Woche arbeitete ich bei Madrina im Haus, während Leonor auf Cali aufpasste, die sich eng mit Leonors Tochter, ihrer Cousine Meritxell, anfreundete. Seitdem Leonor als Hebamme arbeitete, holte sie mittwochs die Nacht von Dienstag auf. Ich war voller Bewunderung, wenn ich mir vorstellte, dass sie nach einer Nachtschicht einen ganzen Tag mit unseren beiden Monstern im Röckchen dranhängte. Aber meine große Schwester hatte eben vor nichts Angst. Es tat mir gut, von zu Hause wegzukommen und Zeit in einer wohlwollenden Umgebung zu verbringen. Meine Feenhände waren nicht mehr so geschickt, auch wenn ich noch immer gern nähte. Früher brachte ich es fertig, mich im Stoff zu vergessen. Dann wurde ich selbst zu einem der dünnen Fäden, bewegte mich im Gewebe, verschmolz damit, verlor mich darin, bis ich nicht mehr nachdachte und alles in das gute Gelingen meiner Handarbeit legte. Jetzt war ich gar nicht mehr in der Lage, mich hinzugeben, ich war wie blockiert. Selbst wenn ich ein wenig mit Madrina oder meiner Schwester lachte, änderte sich daran nichts, ich ertrank in Tränen und Zweifeln, und so drückte mich der Orkan weiter zu Boden, und ich kam nicht frei.

Vielleicht hatte sich André ein Fantasiebild von mir erschaffen, sodass die Realität seinen Erwartungen nicht entsprach. Vielleicht hatte ich auf mehr kein Anrecht. Vielleicht hatte ich mit Rafael schon binnen eines Jahres viel mehr geschenkt bekommen als die meisten Menschen in einem ganzen Leben, und jetzt musste ich etwas vom Glück zurückzahlen. Vielleicht war Rafael als Einziger in der Lage gewesen, jemanden wie mich zu lieben. Vielleicht würde ich vor mich hin siechen, und nur meine Kinder würden mir die Kraft geben, so lange wie möglich durchzuhalten. Bis auch sie schließlich gingen. Wie ihr Vater, wenn er merkte, dass eine Frau wie ich ein wenig Energie verlangte und vor allem viel Liebe. Vielleicht wäre ihm eine andere Beziehung lieber gewesen. Eine Frau, die sich mit wenig zufriedengab. Eine Frau, die sagte: »Ein Mann, der jeden Abend nach Hause kommt, das ist schon mal was.« Mit mir hatte er es verdammt schlecht getroffen, der Arme.

Fünfzig Jahre später habe ich noch immer keine Antworten auf diese Fragen. Deinem Großvater fällt das Reden nicht leicht, das weißt du nur zu gut. Deswegen tanzt er ja auch. Da wenigstens teilt er sich mit. Mit seinen

Bewegungen drückt er all das aus, was er in seinem Leben versäumt hat und auf das ich mir nie einen Reim machen konnte. Ohne das Tanzen hätte sich alles in ihm aufgestaut, und er wäre wahrscheinlich implodiert. Das sieht bei uns Spaniern anders aus: Wir kommunizieren wenigstens, wir jubeln, selbst wenn wir aus Schamgefühl unser Innerstes nicht preisgeben. Wer tratscht oder sich empört, erzählt ja doch etwas über sich. Auch ohne es zu wollen. André nicht. Man hätte meinen können, eine Unterhaltung mit mir sei für ihn reine Zeitverschwendung.

Ich entband am 11. Januar. Ein Prachtjunge, *fenomenal*! Wir nannten ihn Juan. André war so stolz und glücklich, dass ich mich bei der Vorstellung ertappte, dieses Kind könnte unser Neuanfang sein. Ich träumte davon, dass aus der Liebe, die André für mich als Mutter seiner Kinder empfand, Liebe für mich als Frau entstand. Cali war beinahe zwei Jahre alt und ganz aus dem Häuschen, weil sie einen kleinen Bruder bekommen hatte. Sie wurde zu einer richtigen kleinen Mama. Es machte sie unerträglich. Oder vielleicht hatte auch ich bereits da keine Geduld mehr: Juan weinte ununterbrochen, verweigerte meine Brust, und keiner der Heilkundigen und Ärzte, die wir aufsuchten, hatte eine Antwort auf seine Beschwerden. Ich war am Ende meiner Kräfte und meiner Nerven. André und ich waren einander so fern wie nie zuvor. Wie sehr hätte ich es in diesen schwierigen Momenten gebraucht, von ihm im Arm gehalten zu werden und zu spüren, dass wir eine Familie waren. Wollte ich mit ihm darüber reden, entgegnete er, dass wir doch schon eine Familie seien, er ziehe Cali schließlich wie seine eigene Tochter groß und habe mir auch noch ein zweites Kind geschenkt. Doch ich sprach von Haut, von Zärtlichkeit, von Zuhören, von Austausch. Nicht davon, nebeneinanderher zu leben, ohne einander wahrzunehmen.

Ich fühlte mich abgeschottet und war besessen von dem, was meinem Kind so viel Leid bescherte. André fand, ich würde übertreiben, dem Kleinen gehe es gut, wir hätten wohl Glück gehabt mit Cali, normalerweise seien Babys eher so wie Juan, sie weinten, und das war's. Aber ich konnte das nicht hinnehmen, ich kannte mein Baby seit seinen Anfängen bei mir im Bauch, und ich hätte schwören können, dass etwas nicht in Ordnung war. Laut André war die Verbindung zum Fötus, diese körperliche Bindung, die man als Vater nicht erleben kann, eine meiner weltfremden verqueren Vorstellungen.

Ich teilte André mit, dass ich die Kinder mit nach Paris nähme, um Juan dort in einem pädiatrischen Krankenhaus untersuchen zu lassen. Leonor hatte es herausgesucht. Ich ließ ihm keine Wahl, und seine Argumente stimmten mich nicht um. Ich hoffte, dass er sagte: »Aber sicher, meine Liebe, ich beantrage Urlaub, wir stehen das gemeinsam durch ...« Aber das tat er nicht.

Cali war noch nicht einmal drei Jahre alt, aber augenblicklich sperrte sie sich gegen meine Entscheidung, sie wollte unbedingt zu Hause bleiben. Ich erklärte ihr, dass ihr Vater zu viel arbeitete, er könne nicht auf sie aufpassen. Einen Moment blieb sie stumm, dann flehte sie mich an, ob sie, solange ich weg war, bei ihrer heiß geliebten Cousine Meritxell wohnen könnte. Ich gab nach. Ihr Vater war überglücklich, dass sie blieb. Ich nicht. Und doch reiste ich ab.

Im Zug nach Paris schien es Juan schon besser zu gehen. Ich sagte mir, dass er das Reisen, die Bewegung im Blut hatte, genau wie ich. Ich redete mir ein, dass es ihn beruhigte. Und beruhigte damit mich.

Der Kontrast zwischen unserem Albtraum und der Schönheit der Hauptstadt war unerträglich. Am liebsten hätte ich dieser Stadt, von der ich so viel geträumt hatte, sämtliche Knochen gebrochen, als ich sah, wie sie sich aufplusterte, wie sie ihre Federbüsche und Lichter zur Schau stellte, ohne sich auch nur einen Deut um unsere Verzweiflung zu scheren.

Die Diagnose war bedrückend. Wir würden erst in ein paar Wochen nach Narbonne zurückkehren können. Juan war vier Monate alt, und seine Schmerzen hatten eine innere Hernie hervorgerufen. Bevor überhaupt weitere Untersuchungen vorgenommen werden konnten, musste er operiert werden. Alles ging furchtbar schnell. Schön daran war nur, dass Juan und ich uns durch das Wunder der Schmerzmittel endlich besser kennenlernten. Was zählte, war, dass sie seine fürchterlichen Qualen beendeten. Er war so fröhlich, so gelassen, wenn die Medikamente anschlugen. Die Erleichterung, die sie ihm verschafften, ermöglichte es ihm, sich länger auf die Welt, die ihn umgab, einzulassen, und das war, als würde er ein zweites Mal geboren. Wir blickten einander tief in die Augen, erkundeten uns gegenseitig in aller Seelenruhe, gingen auf eine endlose Entdeckungsreise. Damit verbrachten wir fast die ganze Zeit, wenn nicht gerade seine Temperatur gemessen wurde oder Eingriffe oder andere Untersuchungen vorgenommen wurden. Ich liebkoste ihn und erzählte ihm dabei Geschichten von unsichtbaren Feen, die um uns herumwirbelten, von Blumen und magischen Salben, die einen stärker machten als einen Wal oder als jede Krankheit. Glücklicherweise hatte die Medizin seit Kurzem anerkannt, dass es den Heilungsprozess beeinträchtigt, wenn der Säugling von seiner Mutter getrennt wird, und so durfte ich Tag und Nacht bei meinem Sohn bleiben.

Die Wochen vergingen, und auch wenn die Ärzte ohne Unterlass nach einer Lösung suchten, um Juan zu heilen, war der schwammige Begriff »bösartiger Tumor« die einzige Erklärung, die sie uns gaben. Ich merkte wohl, dass sie ratlos waren und genau so hilflos wie ich angesichts dessen, was Juan durchmachte. Keine der Behandlungsmethoden schlug an, und durch die Chemie in seinem Blut und die Versuche wurde Juans kleiner Körper jeden Tag schwächer. Ich war mit den Ärzten einer Meinung, man konnte ihn nicht derart mit seinen Schmerzen kämpfen lassen, wir mussten alles versuchen. Dann wieder schreckte ich zurück, ich wollte, dass sie mit den Strapazen aufhörten, um es ihm leichter zu machen, denn er lächelte viel und wurde wieder kräftiger. Es erfüllte mich mit Hoffnung, wenn ich feststellte, dass Juan sich weiterentwickelte, selbst wenn er nicht wuchs. Das Stillen, das besser gegangen war, seit er nicht mehr so stark litt oder zumindest nicht mehr durchgehend, wurde wieder schwieriger, als zwei Zähnchen anfingen, sich durch sein Zahnfleisch zu bohren.

»Au! *No no no no no, mi amor*, es fließt auch nicht schneller, wenn du mich beißt. Frechdachs!«

Es schien ihn zum Lachen zu bringen, wenn er mich mit seinen Beißerchen kniff und ich daraufhin leise aufschrie. Also spielte ich mit. Und er lachte noch mehr. Ein klein wenig Glück in unserer kleinen Welt im Krankenhaus, und schon wurde das Leben einen Augenblick lang wieder leicht und mild. Mir war es gleich, dass meine Brustwarzen bluteten, so sehr freute es mich zu sehen, dass er nicht mehr aß wie ein Spatz, sondern wie ein Löwe, da ließ ich ihn gern meine Brust ruinieren, wenn es sein musste.

An einem Wochenende kam André uns mit Leonor, Meritxell und meiner lieben Cali in Paris besuchen. Ich hatte Cali jede Woche einen langen Brief geschrieben. Natürlich war er auch für André gedacht, der ihr den Brief vorlas. Ich schilderte unser Leben im Krankenhaus so lustig ich konnte. Oder sagen wir: Ich verpackte unseren Alltag in eine für ein Kleinkind überarbeitete und berichtigte Fassung. Cali brauchte etwas anderes als die Brutalität unserer neuen Wirklichkeit. André schickte mir seinerseits jeden Montag eine kurze Nachricht. Kurz und knapp, die Fakten, Punkt. Eine Einkaufsliste oder ein Kochrezept enthielten mehr Gefühl als seine

Schreiben. Kaum hatte ich mich darüber gefreut, dass es Cali gut ging und sie gut gedieh, erwartete mich nur noch Enttäuschung. Aber immerhin wäre er nun bald leibhaftig bei uns.

Juanito und ich waren jetzt schon über drei Monate fort. Am Sonntag hatte der Arzt mir mitgeteilt, dass Juans Immunsystem äußerst geschwächt sei und dass momentan schon eine einfache Erkältung ihn uns für immer entreißen könnte. Ich antwortete ihm:

»Daran soll es nicht liegen, Doktor, wenn es sein muss, dann lebt er so lange unter einer Taucherglocke, bis sein Immunsystem wiederhergestellt ist! Und bringen Sie mir doch bitte die Ausrüstung, ohne Mundschutz kommt hier niemand rein, und ich kontrolliere persönlich, dass sich alle vorher zweimal die Hände gewaschen haben! Sehen Sie, Doktor, ich habe vielleicht nicht zehn Jahre lang studiert, aber trotzdem fällt mir etwas ein!«

Er hatte mich angelächelt und mir ein Rezept und zwei kleine Behälter mit Medikamenten gegeben.

»Das hier ist für Sie. Essen Sie etwas und schlafen Sie, Rita, Sie müssen sich ausruhen. Sie wissen genau, dass es Juans Probleme nicht lösen wird, wenn Sie Ihre Gesundheit derart aufs Spiel setzen. Und außerdem ist er nicht der Einzige, der Sie braucht.«

Die Eingangstür quietschte und Calis kleines liebes Gesicht tauchte auf. Hinter ihr kam André herein und stürzte sich auf Juan, um ihn an sich zu drücken. Cali rannte auf mich zu, und mehrere Minuten lang hielten wir uns in den Armen und weinten heiße Tränen. Leonor und Meritxell dockten ebenfalls an wie zwei Seepocken an ihren Felsen. Für Leonor war das eine Meisterleistung: Zuneigung verteilte sie normalerweise nur tröpfchenweise, so wie Juan sein Opiat bekam. Ich konnte es kaum glauben, aber sie waren da und überhäuften meinen Sohn mit Liebe, sie lenkten ihn ab und hüllten ihn ein. Es kam mir unwirklich vor, sie alle nach so langer Zeit wieder bei mir zu haben.

Juan hatte abgewartet, bis seine Familie um ihn herum vereint war, um sich in eine neue Welt zu begeben, in der er nie wieder leiden musste. Ich hielt ihn in meinen Armen. Ich weinte nicht mehr. Ich wollte, dass er nichts spürte als meine unermessliche Liebe, dass er nur meine Freude darüber sah, ihn an mich gedrückt zu halten, nicht meinen Kummer. Kummer ist nicht das richtige Wort. Kein Wort kann dieses Chaos, dieses unendliche Leid, diese vergebliche Wut angemessen beschreiben. Deswegen strömen mir noch immer die Tränen über die Wangen, wenn ich an die größte Tragödie meines Lebens denke. Ich habe nie wieder darüber gesprochen.

Als der Sarg ins Grab gelassen werden sollte, floh ich vom Friedhof. Das alles überstieg meine Kräfte. Auf einen Impuls hin hatte ich am Ende der Zeremonie beschlossen, zu Pepita nach Toulouse zu fahren. Nur sie würde verstehen, was ich durchmachte. Auch sie hatte erlebt, wie es einen innerlich zerreißt, wenn einem sein eigen Fleisch und Blut genommen wird. Sie würde die Arme ausbreiten und mich halten, damit ich weinte, bis keine Tränen mehr kamen. Sie würde mir tröstende Kosenamen geben und mir wie eine Mutter ihre feste Umarmung bieten. Nur sie würde die Worte finden, die mir die nötige Kraft verleihen konnten. Ich redete mir ein, dass mein Zustand ein jämmerlicher Anblick für meine Tochter wäre, aber letztlich reiste ich für mich selbst ab. Um zu mir zurückzufinden.

Ich ging nach Hause, um Cali Bescheid zu geben, dass ich eine Weile wegfahren würde. Als ich die Tür öffnete, fand ich sie beim Spielen mit der Nachbarin vor, die während der Beerdigung auf sie aufgepasst hatte. Sie lachten. Nach diesem grauenvollen Tag war dieser Anblick so schön, dass ich ein paar Sekunden lang durchatmete. Doch der für meine Angstzustände seit Juans Tod typische flache Atem kehrte schon bald zurück. André hatte nicht gewollt, dass Cali mit zur Beerdigung kam. Ich hatte mich dem vehement entgegengesetzt. Selbst wenn sie nicht ganz verstand, was vor sich ging, hatte sie doch ein Recht darauf, ihrem kleinen Bruder ein letztes Mal Lebewohl zu sagen. Wenn ich kurz vor dem Zusammenbruch stand, wiederholte sie Worte, die sie aus meinem Mund gehört hatte, und passte sie ein wenig an.

»Mach dir keine Sorgen, Mama, Juan kommt später wieder, wenn er sich im Himmel ein bisschen ausgeruht hat. Man stirbt erst richtig, wenn man ganz alt ist, wenn man ein schönes langes Leben gehabt hat und müde ist. Deswegen kommt er ganz bestimmt zurück, *mamá*, versprochen! Versprochen?«

Ihr versprach ich, dass ich zurückkehren würde, sobald ich wieder zu Kräften gekommen war, ganz ganz ganz bald, und sie versprach mir im Gegenzug, bei ihrem Papa und ihrer *tía* Leonor artig zu sein. Ohne dass ich sie überhaupt dazu aufgefordert hatte. Für mich eine Flut von Tränen, für sie eine Flut von Küssen, Umarmungen, Liebkosungen.

Auf den Maulbeerbäumen glühten Sonnenstrahlen, und der Wind wehte in Böen durch sie hindurch. Es war hübsch. Calis Baum war noch so jung, so klein, so zerbrechlich. Sie nicht. Was für ein großes Mädchen. Sie hatte alles verstanden.

6.

Das blaue Halstuch

Mir ist sehr wohl bewusst, dass es für eine Trägerin roter Gene ein absoluter Frevel ist, ein blaues Halstuch aufzubewahren. Doch dieses Blau sollte dem Rest meines Lebens seine Farbe verleihen. Es sollte das Blau meiner Freiheit werden. Meiner Entscheidungen. Meiner Opfer. Der Opfer, die notwendig waren, nachdem ich meine Prioritäten gesetzt hatte. Denn als ich mir dieses Tuch umband, machte ich einen Satz vorwärts. Während es meinen Hals zierte, lernte ich unaufhörlich, ich verstand, ich verzieh, ich wuchs. Dann, als ich mich aus meinen Ketten befreit hatte und mein Leben wieder selbst in die Hand nahm, fand das Tuch hier in dieser Schublade seinen Platz. Es hatte begonnen mich zu behindern, als ich wieder zu Atem kommen wollte. Mir die Luft abzuschnüren. Eine Erinnerung ist gut, solange sie dich weiterbringt. Wenn sie dich verlangsamt oder sogar lähmt, musst du sie zum Schweigen bringen. Verschwinden lassen musst du sie nicht. Nur zum Schweigen bringen, denn es kann immer passieren, dass du sie wieder wecken musst, um deine Geister sprechen zu lassen. So viel können wir von ihnen lernen, wenn wir uns nur ein wenig mit dem beschäftigen, was sie uns hinterlassen haben.

Ich weiß, dass du das Tuch »unfassbar hässlich« finden wirst, und ich lächele schon jetzt darüber. Sei unbesorgt, *cariño*, ich werde dich nicht bitten, es zu tragen, obwohl ich natürlich weiß, dass du mir in Anbetracht der Umstände nichts abschlagen könntest ... Gut, ich höre auf, dich zu necken, begnüg dich mit dem, was das Tuch dir zu erzählen hat.

Ich wollte gerade in den Bus steigen, als ich spürte, wie eine Hand mich grob am Arm packte und mich zurückhielt. Es war Leonor. Sie musste meinen Brief gefunden haben. Hinter ihr, die Arme vor der Brust verschränkt, stand Carmen. Zwei Schreckgestalten mit Zornesfalte auf der Stirn, die gekommen waren, um mich zurück in die Flammen meiner Hölle zu werfen.

»Steig aus«, befahl mir Leonor.

Ich leistete ihr Folge, das Kinn trotzig erhoben. Glaubten die Damen Richterinnen etwa, dass es eine leichte Entscheidung für mich gewesen war? Ich hatte nicht vor, mich von ihnen überrumpeln zu lassen. Für sie war es einfach. Sie waren eine Familie, Leonor hatte einen Ehemann, der sie zusammenhielt und sich dafür einsetzte, dass es bei ihnen zu Hause einträchtig zuging. Ein Abszess im engsten Familienkreis? *Tío* Roberto stach ihn auf, bevor man ihn überhaupt sah. Und Gott weiß, dass

Leonor alles andere als umgänglich war, ja, sie zog sich fast genauso zurück wie André, wenn sie enttäuscht wurde. Weil Roberto meine Schwester liebte, hatte er sämtliche Schlüssel zu der Truhe ihrer Emotionen aufgestöbert und nutzte jeden einzelnen davon, um ihr Leid aufzufangen, es gemeinsam mit ihr zu tragen und somit zu verringern. Ich dagegen war mutterseelenallein, noch dazu fehlte ein Stück von mir, als hätte man mir ein Bein amputiert, und André hatte kein Interesse daran, mir eine Stütze zu sein, selbst jetzt nicht, da ich wie erstarrt war.

»Du kannst nicht abreisen«, sagte Leonor überraschend sanft.

Ich war so daran gewöhnt, mir strenge Predigten von ihr anzuhören, dass ich gar nicht auf die Idee kam, Juans Erkrankung und sein Tod hätten sie mir gegenüber womöglich liebevoller gestimmt. Auf jeden Fall toleranter. Vor meinen Augen fuhr der Bus an.

»Du kannst Cali nicht allein lassen. Sie braucht dich. Und außerdem können wir nicht mehr so einfach auf sie aufpassen, seit Roberto seine Arbeit verloren hat. Er hilft mindestens einen Monat lang bei der Weinlese im Beaujolais, sogar Carmen wird im Internat übernachten, damit ich so viele Stunden wie möglich im Krankenhaus arbeiten kann, wie soll ich mich da auch noch um die Kleine kümmern?«

»Meritxell muss doch nach der Vorschule auch irgendwohin, bis du nach Hause kommst, da macht es keinen großen Unterschied, wenn Cali dabei ist. André holt sie vor dem Abendessen ab und bringt sie morgens hin. Du musst nur jemanden finden, der nach der Vorschule auf sie aufpasst. Ich bezahle es auch. In der Statue der schwarzen Jungfrau in meinem Zimmer ist etwas Geld versteckt, nimm das, man kann sie unten öffnen, das sollte reichen, bis ich wieder da bin. Ich bitte dich, Leonor, tu es für mich. Ich werde verrückt, wenn ich bleibe. Ich gebe nicht auf, ich muss einfach nur neue Kraft schöpfen. Ich fahre zu Pepita nach Toulouse, bei ihr kann ich durchatmen. André wird mich nicht trösten, er hat sich von mir abgewendet. Ich schaffe es nicht, mich jetzt damit auseinanderzusetzen. Genauso wenig ertrage ich die Blicke der Leute, die mich ständig daran erinnern, dass ich Juan verloren habe.«

Als ich geendet hatte, rannte Leonor los, dem Bus hinterher, und wedelte wie wild mit den Armen, damit er anhielt. Was er auch tat.

»¡Corre!, ¡corre!«, rief sie mir zu.

Überstürzt umarmte ich Carmen. Als ich auf Leonor zulief, um mich auch von ihr zu verabschieden, scheuchte sie mich weiter. Also lief ich. Ich wollte laufen, bis ich tot umfiel. Ich wollte, dass die Strecke zwischen diesem verfluchten Bus und mir immer länger wurde, je länger ich lief, damit ich nirgendwo ankam, damit ich vor Erschöpfung starb, bevor der Weg zu Ende war. Am liebsten wäre ich verschwunden, oder noch besser, es sollte mich nie gegeben haben. Ich wollte, dass mich nie wieder irgendeine Zukunft erwartete. Doch Cali war das Vorhängeschloss, das aus meiner Falle eine Festung machte. Ihretwegen würde ich zu dem Leben zurückkehren, das ich von Grund auf verabscheute und auf das ich keinerlei Einfluss mehr hatte; ihretwegen würde ich von meinen Erinnerungen nur die schönen hervorblitzen lassen; ihretwegen würde ich bei ihrem geliebten Vater bleiben; ihretwegen musste ich es. Aber ich weigerte mich, mein Kind als Ursache dafür zu betrachten, dass ich mich so eingesperrt fühlte. Deswegen reiste ich ab. Ich wollte meine Freiheit wiederfinden oder zumindest ein Gefühl von Freiheit, ich wollte mich von Pepita daran erinnern lassen, dass alles möglich war. Ich redete mir ein, dass ich zurückkommen würde, und das milderte ein wenig mein schlechtes Gewissen, aber vollends überzeugt davon war ich nicht. Ich glaubte gerade genug daran, dass ich alles zurückließ, ohne ein Datum für meine Rückkehr festzulegen. Gerade genug, um nicht meine Meinung zu ändern. Aber nicht genug, um die anderen Passagiere nicht mit meinen Tränen zu überfluten und dieses rollende Einweckglas zusehends mit meinem Kummer zu füllen.

Man kam vor Hitze um in diesem Bus. Ich merkte es erst, als wir unser Ziel beinahe erreicht hatten, so sehr war ich in meinem Leid gefangen. Umso besser. Der Bus hielt neben dem Bahnhof, an dem sich mein Leben für immer verändert hatte. In meinem Blickfeld die Caféterrasse, auf der Rafael mir zum ersten Mal begegnet war. Es kam mir vor, als würde ich mir dabei zusehen, wie ich aufstand, als ich ihn entdeckte, wie ich ihn betrachtete, als er die Straße überquerte, und alles würde von vorn anfangen. Ich stellte mir vor, dass wir nun, da wir die Geschichte kannten, vielleicht ihren Ausgang ändern könnten. Meine Ankunft hier war eine Zeitreise. Als wären vier Jahre zurückgespult worden, kam die Hoffnung in mir auf, das Leben dort wieder aufzunehmen, wo es mit Rafael begonnen hatte. Und selbst wenn wir das Ende nicht ändern konnten, wollte ich doch jeden einzelnen Augenblick noch einmal erleben, in Zeitlupe, um alles noch mehr auszukosten. *Ich will ich will ich will.* Meine Sehnsucht war so stark, dass sie wie eine Beschwörungsformel in meinem Kopf widerhallte. Aber wenn meine eingebildeten Zauberkräfte damals schon nicht gewirkt hatten, um meine Eltern zurückzubringen, gab es keinerlei Grund anzunehmen, dass es jetzt bei Rafael funktionieren würde.

Ich ging denselben Weg wie am Tag unserer ersten Begegnung und rempelte andere Fußgänger an, als ich die Augen schloss, damit Rafaels Geist, der kurz nach Juans Geburt verschwunden war, zurückkam und meine Hand nahm. Der Weg war kürzer, als ich ihn in Erinnerung hatte, schon stand ich vor Pepitas Haus. Noch bevor ich klopfte, hörte ich in meinem Kopf schon ihre Stimme, wie sie hinten aus der Wohnung ruft: »¿*Quién eeeeees?*«, und dieser Gedanke rang mir ein schwaches Lächeln ab. Doch es war Ulrich, der mir die Tür aufmachte. Wir fielen uns in die Arme. Er war älter geworden, und das verstörte mich. Wie würde Rafael jetzt aussehen? Wäre auch er gezeichnet von zu vielen aussichtslosen Kämpfen?

Von Pepita keine Spur. Das machte mir Angst. Sie hatte Cali ja noch nie gesehen. Aber weil sie mich in jedem ihrer Briefe mit Fragen löcherte, war es, als würde sie

Cali bereits kennen. Ich versäumte nie, ihre Briefe zu beantworten. Wir hatten diese Verbindung aufrechterhalten, und sie war mir oft eine große Hilfe gewesen. Jetzt, da dem Krieg im Untergrund die Luft ausging, würde Pepita vermutlich die verlorene Zeit mit Cali aufholen können. Wie stolz Pepita sein würde, wenn sie Cali kennenlernte, denn sie war noch außergewöhnlicher als in meinen ohnehin schon schmeichelhaften Beschreibungen. Man musste Cali sehen und sie wie eine kleine Dame reden hören, um zu verstehen, was für feine Charakterzüge sie hatte. Gerade so, als hätte sie nur das Beste ihrer beiden Väter übernommen. Sie war einnehmend, fröhlich, kreativ und schlau. Sie war sorgfältig, besonnen und vernünftig. Mein letzter Briefwechsel mit Pepita war über zwei Monate her, und in meiner Eile hatte ich mich nicht angekündigt. Hoffentlich war sie zu Hause …

Ulrich fragte mich, ob ich über Pepita Bescheid wisse. Mir wurde schwer ums Herz. Da tauchte sie auf, und während sie auf mich zukam, machte sie ein paar Gesten, deren Bedeutung ich nicht ganz erfasste. Dann zog sie mich in ihre Arme. Ihre Energie erstaunte mich jedes Mal. Sie wirkte kaum überrascht, mich zu sehen. Während ich mich zu wundern begann, warum sie stumm blieb, und sie mit Fragen bombardierte, verschwand sie einen Augenblick und kam mit einer Tafel und einem Stück Kreide zurück. »Juan?«, schrieb sie. Ich versuchte ein nüchternes Kopfschütteln, das alles bedeuten konnte, aber schon wurde ich überwältigt. Pepitas Berührungen sagten zum Glück genau so viel wie ihre Worte, die mir jetzt, in ihren Armen, nicht mehr fehlten. In meiner Welt war sie die Einzige, die wusste, was für ein Chaos der Verlust eines Kindes in einem auslöst. Sie kannte die nicht enden wollende Verzweiflung, sie wusste, wie einem tief im Inneren etwas fehlte, wie es einem die Kraft raubte, sie kannte den Wunsch zu sterben, die Schuldgefühle, die Blicke der anderen und die Erinnerung. Ulrich durchbrach dieses seltsame und tränennasse Schweigen.

»Ihre letzten Worte waren die, die sie nach Rafaels Tod an mich gerichtet hat. Sie wollte nicht, dass ich dir sagte, unter welchen Umständen wir ihn verloren hatten. Seither hat sie keine Stimme mehr. Gar keine.«

Pepita sah zu Boden. Sie war den Tränen nahe. Ich suchte in ihren glasigen Augen nach einem Zeichen, dass ich Ulrich falsch verstanden hatte. Vergeblich. Sie sah untröstlich aus.

»Aber du kennst sie ja, das hindert sie nicht daran, uns skandalöse Geschichten aufzutischen«, erklärte Ulrich mit einem Lächeln und fing sich dafür von Pepita, die nun auch wieder breit grinste, einen mütterlichen Klaps auf den Hinterkopf ein.

»Einmal Furie, immer Furie«, amüsierte sich Ulrich.

Ein zweiter Klaps landete auf seinem Kopf. Er lachte, sammelte sich aber schnell wieder. Ich spürte, dass er mir etwas sagen wollte.

»Sie wollte dich beschützen, weißt du«, fügte er hinzu.

Plötzlich loderte Pepitas Blick. Wie ich es noch nie zuvor gesehen hatte. In ihren Augen blitzte Rafaels Gesicht auf, wobei all das umsonst vergossene Blut sie trübte. In dem Versuch, sie zu beruhigen, gestand ich ihr, dass ich schon kurz danach erfahren hatte, was man Rafael angetan hatte.

»Pepita, ich weiß es. Ich meine … Ich kenne die Einzelheiten. Alles ist gut, *mamá*, ich weiß es schon lange.«

Wechsel das Thema, schnell, wechsel das Thema, befahl ich mir.

»Die Leute reden über dich, Pepita, du bist zu einem Symbol für den Widerstand geworden. Mir war das gar nicht klar, ich habe es erst erfahren, als ich nach Narbonne zurückkehrte. Und Rafael ist für unser verlorenes Volk genauso wichtig. Er hat sich geopfert, und niemand wird das je vergessen.«

Ich fühlte mich verpflichtet, die Stille zu überbrücken, bestimmt übertrieb ich es, und Ulrich spürte meine Bedrängnis. Er erzählte mir, wie Pepita von der stummen Friedhofswärterin gegen tägliche Verpflegung die Gebärdensprache erlernt hatte. Pepita fiel ihm ununterbrochen mit Gesten ins Wort, die mir nichts sagten. Ich nickte immer wieder wissend, um sie nicht zu verletzen, aber ich konnte mich nur schlecht verstellen.

»Als *la muda* dann weg war, ist Pepita wieder in Schweigen versunken. Da hat der ergebene Ulrich sich erbarmt und die Grundkenntnisse von ihr gelernt, damit sie jemanden mit ihren Geschichten langweilen kann«, sagte er mit schelmischem Stolz.

Ding! Dritter Klaps auf den Hinterkopf. Ich musste lächeln.

»Also dann, ich habe mir geschworen, dass ich mich heute bei der dritten Kopfnuss an die Arbeit mache! Es ist so weit. Kommt heute zum Abendessen zu uns, die anderen würden sich freuen, dich zu sehen, Rita. Dich auch, Pepita. Zumindest, wenn du deine *mantecados* mitbringst«, sagte Ulrich.

Und zum vierten Mal bekam er eins auf den Deckel. Diesmal gefolgt von einem Kuss auf die Wange. Genau wie sie Rafael einen Kuss auf die Wange gedrückt hatte. Oder mir. Wie die Küsse, die ich Cali gab.

»*¡Adiós palomas!* Ich erwarte euch heute Abend.«

Als Ulrich verschwunden war, guckten wir erst einmal dumm aus der Wäsche. Ich musste an meinen ersten Schultag denken. Was wog die Stille schwer, wenn man nicht die Mittel hatte, sie zu durchbrechen. Wir ließen unsere Berührungen sprechen. Ich sah ein Haarband herumliegen, also flocht ich ihr einen hübschen Zopf, danach feilte ich ihr die Nägel. Ich dachte daran, wie ich eine Woche zuvor noch Juan umsorgt hatte. Auch ohne Worte konnte man sich so viel erzählen. Pepita ließ mich machen, sie sah mich an, wie sie ihren Sohn angesehen hatte, jeder Zentimeter wurde genauestens unter die Lupe genommen. Als hätte sie Angst, dass ich verschwand und sie sich nicht an mich würde erinnern können. Ich war mit Juan genauso gewesen. Alle waren mir damit auf die Nerven gegangen, dass ich müde sei, dass ich schlafen müsse … Dabei wollte ich jede einzelne Sekunde auskosten, in der ich seine Haut an meiner spürte. Als hätte ich gewusst, was uns bevorstand.

In den nächsten Tagen bat ich Pepita, mir ein wenig von ihrer neuen Sprache beizubringen. Es war eine wunderschöne Sprache. Pepita fand, dass ich schnell lernte. Bei mir ging man tatsächlich immer davon aus, dass ich sprachbegabt war, so schnell, wie ich Französisch gelernt hatte.

Ich massierte Pepita gerade die knotigen Schultern, als mir auffiel, wie sie unruhig mit den Füßen scharrte. Ich spürte eine gewisse Ungeduld an ihr.

»Macht dir etwas Sorgen, *mamá*?«

Sie sprang auf und holte ihre Tafel aus dem Regal. »Räche mich. Räche uns. Geh nach Madrid. Finde Rafaels Mörder und töte ihn«, schrieb sie.

Dann hielt sie abrupt inne und brach in Tränen aus. Wie benommen las ich immer wieder ihre Sätze. Ich nahm sie in den Arm. Sie löste sich von mir, griff wieder zur Tafel, wischte sie ab und setzte neu an. »*Por favor cariño.*« Ihr Überleben hing davon ab. Ich verstand. Untätig hier zu sitzen, wenn sie wusste, dass derjenige, der ihr das Kind genommen hatte, in aller Seelenruhe irgendwo in Madrid herumspazierte … Das konnte einem buchstäblich die Sprache verschlagen.

Es schmerzte mich, als hätte ich glühende Kohlen geschluckt, dass ich nicht die richtigen Worte fand, um sie zu trösten. Sobald ich mir einen Moment lang vorstellte, wie ich Pepitas Anweisungen befolgte, stieg Wut in mir auf, schmeckte ich das Adrenalin des Kampfes. All mein Hass kam in einem Feuerball zusammen und ließ eine irrsinnige Kraft in mir entstehen. Schnell kam ich wieder zur Besinnung und distanzierte mich von Pepitas ansteckender Wut, denn mir war bewusst, dass es Wahnsinn wäre und noch ein Toter nichts ändern würde. Ich würde aber auch nicht diejenige sein, die Pepitas letzte Hoffnung zerschlug. Auf keinen Fall. Ich wollte sie lieber beschützen. Es versuchen. Scheitern. Wieder versuchen.

Ich nahm die Tafel, denn ich brachte es nicht über mich, meine Lüge laut auszusprechen, und außerdem würde Pepita mich sofort durchschauen. »*Mamita*, ich mache es.«

Seit Pepita wusste, wer Rafael ermordet hatte, war sie wie besessen von dem Gedanken an Rache. An manchen Tagen beschäftigten wir uns ausschließlich damit, dass ich ihre neue Sprache lernte, so als würden wir uns ausruhen. Die Missverständnisse, die aus meinen gescheiterten Versuchen entstanden, brachten Pepita zum Lachen, und sie schrieb auf ihre Tafel: »Nein, jetzt hast du nicht ›ich habe Hunger‹ gesagt, sondern ›ich habe Lust auf Sex‹.«

Nichts war so, wie ich es erwartet hatte, aber es kam mir gelegen. Ich fand ihre Liebe nicht mehr in ihren Worten, erkannte sie aber in ihrem Blick. In dem Blick, der sagte: Du bist etwas Besonderes, lass dir von niemandem etwas anderes einreden. Das war mehr, als André mir seit unserer Hochzeit gegeben hatte. Es laugte mich auch weniger aus, als wenn ich eine heitere Fassade für Cali aufsetzte. Um der bleiernen Stille zu entkommen, redete ich manchmal ohne Punkt und Komma.

»Verstehst du, Pepita, die Welt hat etwas versäumt. Stell dir vor, die Menschheit hätte von Anfang an eine universelle Sprache gehabt wie die Gebärdensprache! Sieh dir an, wie das unser Leben verändert hätte und das Leben aller, die so sind wie wir. Ich meine die, die gegen ihren Willen ihre Heimat verlassen mussten. Wir hätten uns bei unserer Ankunft in Frankreich erklären können, hätten erzählen können, was bei uns vor sich ging, was uns dazu zwang, uns hier anzusiedeln. Dann wären wir nicht so am Ende gewesen und hätten uns nicht bei ihnen entschuldigt, obwohl es doch ums schiere Überleben ging.«

Pepita nahm meine Hand. Drückte einen Kuss auf die Handfläche. Sie gab mir ein blaues Halstuch und holte aus ihrem Ausschnitt ein verkorktes Glasfläschchen hervor, das in etwa so groß war wie mein kleiner Finger. Mir lief ein Schauer über den Rücken. Seit fünf Tagen war ich hier, und wir hatten nicht wieder über mein Racheversprechen geredet. Ich war genauso bereit, es aufzugeben, wie ich bereit war, auf der Stelle nach Madrid abzureisen. Ich stellte mir Rafael und meine Eltern vor, wie sie voller Stolz darauf warteten, dass ich handelte. Dann wieder war ich wie gelähmt bei der Vorstellung, dass ich damit leben müsste, sowohl Leben geschenkt als auch genommen zu haben. Aber zumindest das hatten Rafael und meine Eltern doch verdient, Herrgott noch mal! Und wenn die Anhänger Francos ein Radar für »rote Gene« hatten, sodass sie uns ständig einen Schritt voraus waren? Pepita war davon überzeugt, dass wir es schaffen konnten. Aber wie? All das hatte sie mit ihrem Neffen, der mich dort erwarten und an meinem Halstuch erkennen sollte, nicht besprochen. Rafael hätte gewollt, dass ich in diesen Zug stieg, aber nicht, damit ich ihn rächte, sondern um mich wiederzusehen. Das hätte er sich von mir gewünscht.

Ich fasste mich wieder, und mich überkam schwerer Kummer. Ich sah, wie sich alle Hoffnungen dieser unendlich verletzlichen, sprachlosen Frau in mir bündelten. All ihre Hoffnungen konzentriert in einer Ampulle Gift. Ich konnte nicht anders, ich fand das Vorhaben erschütternd. Es würde uns weder Rafael noch sonst jemanden zurückbringen. Doch ich verstand Pepitas Bedürfnis, dem Feind entgegenzutreten. Das war die einzige Ehre, die wir unseren Verstorbenen erweisen konnten. Ich verstand.

Doch meine liebe Pepita hatte ein wenig den Verstand verloren, und vor diesem Wahnsinn musste ich mich schützen. Sie hatte mir gezeigt, wozu ich mich nicht hinreißen lassen durfte, und damit hatte sie mir ein letztes Mal geholfen.

Es fühlte sich an, als wäre ich aufs Neue zur Waise geworden.

Vielleicht würde das Halstuch, das ich mir ums Handgelenk gebunden hatte, mir Mut verleihen.

7.

Der Fahrschein

Wieder fuhr ich mit dem Zug nach Spanien, und diesmal entspann sich der Faden meiner Geschichte in die entgegengesetzte Richtung. Die schmerzhaftesten Passagen übersprang ich. Bei den schönsten Abschnitten verweilte ich. Rafael ... Der Gedanke an ihn löste körperliche Empfindungen in mir aus. Im Strudel der Jahre, in denen ich Cali bei ihren ersten Schritten begleitet hatte und Juans Erkrankung verkraften musste, hatte ich vergessen, dass ich eine Frau war und mein Körper ein wunderbares Instrument, um Krisen zu überwinden und wieder Selbstvertrauen zu fassen. Dabei hatte sich meine Sinnlichkeit ursprünglich dank Rafaels Feingefühl entfaltet, aus ihr hatte ich meine Freiheit erschaffen und meine Lebenskraft geschöpft.

Während wir die Pyrenäen überquerten, hielt ich den Blick gesenkt. Mein Schwelgen in erotischen Gedanken versüßte mir die Fahrt. Wie durch einen Nebel hörte ich die Ansagen für die Haltestellen, vor denen es mir so graute. Pepitas Stimme mischte sich darunter, doch je weiter ich fuhr, umso mehr ließ sie mich los, wie ein Kind, das einen Finger nach dem anderen von der Schwimmleine löst, bis es sich allein ins Schwimmerbecken wagt. Pepita würde mich nicht erlösen. Und sie würde es genauso wenig erlösen, wenn ich ihr weismachte, ihr Sohn sei gerächt worden. Es würde sie erst erlösen, wenn sie akzeptierte, dass er nie mehr wiederkam. Das wusste ich nur zu gut. Und wenn sie sich eingestand, dass ihr eigenes Engagement Rafaels Bestimmung geprägt und ihn so weit geführt hatte. Eine Last, die kaum zu tragen war … Vielleicht würde es mich erlösen, wenn ich verstand, woher ich stammte; sicherlich würde es mir dabei helfen, wenn ich Menschen begegnete, die mir mehr über meine Vergangenheit erzählen konnten.

Es war meine zweite Rückkehr nach Spanien, und die erste hatte bereits all meine Hoffnungen darauf zerschlagen, dort jemals angenommen zu werden. Schon vor langer Zeit hatte ich betrauert, dass ich nicht dazugehörte. Diesmal ruhte ich mehr in mir. Ich wollte alles auskosten, was das Land mir zu bieten hatte und was mir so nahe war, aber ohne den Druck, akzeptiert werden zu müssen. Ich hatte nichts mehr zu verlieren. Pepita hatte mir Kraft verliehen. Ich wollte nicht verbittert und stumm enden wie sie. Wollte mich nicht wie sie vom Wahnsinn verschlingen und vom Schnaps verzehren lassen.

Je mehr Strecke wir zurücklegten, umso mehr entglitt mir Pepitas Rache. Für Juan konnte ich jedoch Genugtuung erlangen, das lag in meiner Hand, ich brauchte nur dieses verfluchte Leben für ihn mitzuleben und in vollen Zügen auszukosten. Ich lächelte. Juan sollte mich sehen. Ich hoffte, dass es ihn mit Freude erfüllte, wenn er sah, dass seine Mutter weitermachte.

In Barcelona stieg ich um. Mein Gott, was hatte ich diesen Bahnhof geliebt … Er hatte mir vorgegaukelt, dass nichts unmöglich war, bis er mich weit weg von allen gebracht hatte, die ich liebte.

Am Gleis erwartete mich Rafaels Cousin Maisel. Er sah Rafael so ähnlich, dass ich wie erstarrt stehen blieb. Er war wild, genau wie Rafael. Seine Bewegungen waren selbstsicher, sein Körper muskulös. Lange schwarze Locken fielen ihm ins Gesicht und reichten ihm bis in den Nacken. War er wirklich verrückt genug, um Pepitas *locura* durchzuziehen? Es hätte mich überrascht. Sicher wollte er sie beschützen, genau wie ich, und wenn er hier aufgetaucht war, dann vermutlich aus einem familiären Pflichtgefühl. Sein Hemd war oben aufgeknöpft und legte den Blick auf ein Medaillon der Heiligen Rita frei, Helferin in aussichtslosen Anliegen. Es war idiotisch, aber auf einmal war ich sicher, dass ich zur richtigen Zeit am richtigen Ort war. Ich mochte diese Zeichen, die einem den Eindruck vermittelten, ein alltäglicher Augenblick könnte ein bedeutender, entscheidender Augenblick sein. Deswegen dachte ich mir sie oft selbst aus. Diese Medaille hingegen war echt und dieser Zufall jedenfalls ein hübsches Omen.

Kaum machte Maisel den Mund auf, war der Zauber allerdings gebrochen. Maisel war nicht so elegant. Nicht so poetisch wie Rafael. Trotzdem zog mich etwas zu ihm hin. Der Eindruck, dass ich ihm vom ersten Moment an gefiel? Seine ausgeprägte Männlichkeit, die mir auf Anhieb das Gefühl gab, behütet zu sein? Oder der Rest … An der Art, wie er unauffällig seine Brust aufplusterte und den Bauch einzog, entdeckte ich eine Unsicherheit, die mich schmunzeln ließ. Das Überbleibsel einer unglücklichen Jugend? Das Bedürfnis, sich seiner Manneskraft zu versichern? Etwas Kindliches lag darin, und es gab diesem eher ungehobelt wirkenden jungen Mann etwas Tiefe. Es berührte mich.

Maisel sollte mich bei sich aufnehmen. Nur für drei Monate, dann würden seine Frau und seine Kinder aus Frankreich zurückkehren. Die Not hatte Spanien noch immer in ihren Klauen, aber die Herzen hatten ein wenig von ihrer Leichtigkeit wiedergefunden. Schon bei meinem ersten Spaziergang fühlte ich mich wohl. Nicht ganz so, als wäre ich zu Hause, aber fast. Die Menschen hier schienen mich hübsch zu finden, auf exotische Weise charmant aufgrund meines leichten französischen Akzents. Vielleicht hatte die Schachtel sinnlicher Erinnerungen, die ich auf dem Weg hierher geöffnet hatte, mich mit einer besonderen Anziehungskraft erfüllt. Meine gedankliche Reise hatte mir wohl die Wangen gerötet, und ich sah gut aus.

Am ersten Abend blieb ich lange aus. Auf der Suche nach einer Aufmerksamkeit, einem Lächeln schlenderte ich durch die Straßen der Innenstadt. Es war wunderbar. Ich trug keine Verantwortung mehr für ein Kind, da war kein André mehr, der mich nicht liebte, keine Leonor oder Madrina, die mich verurteilten oder überwachten. Ich musste nicht mehr die Last der zornigen und flehenden Blicke von Pepita tragen und auch nicht mehr die Last des falschen Versprechens, das ich ihr gegeben hatte.

Auf der Terrasse einer Bar trank ich zwei Gläser Wein, und mehrere Männer sprachen mich an. Ich konnte es kaum glauben. Andrés Gleichgültigkeit mir gegenüber hatte mich davon überzeugt, dass ich nichts wert war. Bis sie mich schließlich in die Flucht geschlagen hatte. Ich hatte nicht einmal mehr Vertrauen in meine Fähigkeiten als Mutter. Ich muss zugeben, diese beiden Gläser haben mich, die rein gar nichts gewohnt war, ziemlich ramponiert. Zum Glück gelang es mir, mich zu Hause vor Maisel nicht zu blamieren.

Allerdings schien auch er nicht mehr alle Sinne beisammen zu haben. Als ich ihm vorschlug, etwas zu essen zu machen, brachte er gerade mal ein knappes Nicken zustande. Um etwas sehen zu können, musste ich überall in der Küche Kerzen aufstellen. Maisel hatte zwar eine Gasflasche, aber Strom konnte er sich nicht leisten. Durch die geöffneten Fenster fingen wir ein wenig vom Schein der Straßenlaternen ein, doch zum Kochen reichte das nicht. Maisel schwitzte leicht, und in diesem Licht sah er schön aus. Darum ging es hier natürlich nicht, also verjagte ich diesen Gedanken und konzentrierte mich darauf, die Kartoffeln zu schälen. Ich spürte Maisels Blicke auf mir, er sollte aber nicht merken, was in mir vorging. Ich fühlte mich lebendig. Fehlte nur jemand, mit dem ich diese Lebenskraft hätte teilen können, die, das wusste ich, aus Schrott Gold machen konnte. Über die Kartoffelschalen gebeugt versank ich in Tagträumen, bis Maisel mich aus ihnen riss.

»Ich kann verstehen, was meinem Cousin an dir gefallen hat.«

Ich war überrumpelt, also wartete ich ab, dass er weiterredete, aber er ließ sich Zeit.

»Begehrenswert und reserviert zugleich, das gibt es bei uns normalerweise nicht. Aber du hast ein bisschen von allem. Von allen Frauen, ich meine, ein bisschen von dem, was einen verrückt macht, und von dem, was einem Halt gibt.«

Weil ich nicht gut mit Komplimenten umgehen konnte und merkte, dass ich rot wurde, setzte mein Abwehrmechanismus ein:

»Was weißt du denn schon? Wir kennen uns gerade mal seit ein paar Stunden …«

»Ich weiß es einfach. Möchtest du ein Glas Wein?«

»Ja.«

Die Stimmung zwischen uns hatte sich aufgeladen, und im Zimmer schien kein Sauerstoff mehr zu sein. Der Wein machte es nicht besser. Zum ersten Mal waren mein Körper, mein Herz und mein Kopf nicht einer Meinung, und das war nicht einmal merkwürdig. Je mehr ich spürte, dass Maisel sein aufkeimendes Verlangen unterdrückte, umso lebendiger fühlte ich mich. Wie Pinocchio wurde ich zu einer echten Frau aus Fleisch und Blut, nachdem ich nichts als ein gewöhnliches Stück Holz gewesen war, das auch so behandelt wurde.

Nach zwei weiteren Gläsern wusste ich nicht mehr, was ich eigentlich kochte, und es war mir auch egal. Ich merkte, wie bereitwillig ich über Maisels Witze lachte, wie ich mich endlich entspannte und mich einem Rausch hingab, der kein Gestern und kein Morgen kannte. Maisel stellte sich hinter mich, packte mich unvermittelt an den Hüften und grub seine Hände hinein. Ich erstarrte. Ich wies ihn nicht ab. Er ließ seine Hände nach oben zu meinen Brüsten wandern. Mein Atem wurde flacher, stockte. Ich berührte Maisel nicht. Ich war eine Puppe, aber nicht aus leblosen Lumpen, nein, ich reagierte durchaus. Meine Hände blieben artig, aber jeder Zentimeter meiner Haut lechzte nach mehr. Maisel presste sich an mich, und ich spürte, wie seine Erektion sich an mich drückte. Seine Worte waren roh. Rafael hatte immer gesagt, er wolle mich; Maisel sagte, er wolle mich ficken. Nicht ganz das gleiche Feingefühl. Doch es funktionierte. Ich gab mich hin. Er hob mich hoch, setzte mich auf den Tisch, zog mir mein Höschen herunter und versank mit seinem Gesicht zwischen meinen Beinen. Ich war feucht vor Erregung. Er sagte: »Ich will sehen, wie du kommst.« Es ging sehr schnell, es war animalisch, aber gekonnt. Diese beherrschte Brutalität war neu für mich, doch ich mochte das Gefühl von Sicherheit, das sie in mir auslöste. Ich fühlte mich wohl in dieser Unterwerfung.

Mich beruhigte, dass Maisel meine Lust zu genießen schien. Es sprach für ihn, dass er erleben wollte, wie ich mich fallen ließ. So schnell hatte er entschlüsselt, was ich brauchte, so kurz nachdem ich es selbst überhaupt benennen konnte, dass er mir dadurch tiefgründiger, intuitiver vorkam. Danach sollte mein Höhepunkt oft zum Auslöser für seinen werden, und dann redete ich mir ein, es sei, weil er sich für mich interessierte.

Seit einer Woche war ich nun hier, und wir hatten noch mit keinem Wort den Grund meines Kommens erwähnt. Wir taten nichts anderes als zu »ficken«, wie Maisel es ausdrückte. Ich mochte dieses Wort, manchmal gab es mir das Gefühl, ich wäre die Beute, die einem Raubtier ausgeliefert ist. Wir küssten uns nicht, nur wenn wir miteinander schliefen. Maisel kam und ging, ich stellte keine Fragen. Er fiel über mich her, ich unterwarf mich, manchmal mit Genuss, manchmal dazu getrieben von meinem Bedürfnis nach Berührungen.

Wenn ich die Hausarbeit erledigt hatte, schlenderte ich durch die Straßen, bis mich meine Beine nicht mehr trugen. Ich dachte nicht nach. Ich schaute mich um. Es war eine Meditation in Bewegung, und dabei vergaß ich mich selbst. Genau wie viele Immigranten, die weder von hier noch von dort waren, fühlte ich mich zu Hause, wenn ich unterwegs war, so wie mir auch die Sprache ein Zuhause bot. Wenn ich in Bewegung war, fühlte ich mich verankert. Wenn ich Spanisch sprach oder hörte, war es, als würde ich die Melodie meines ersten Wiegenlieds summen. Ich wurde wieder zu dem Kind von einst, ich kam dem am nächsten, was ich gewesen war. Bevor das Leben mich ausgelaugt hatte.

Ich hätte mich gern in Maisel verliebt, nur um mich wieder erfüllt zu fühlen. Aber es würde nicht passieren, das wusste ich. Schon seit ein paar Tagen erinnerte mein Körper mich daran, dass auch er ein Wiegenlied war, und in mir erwachte das Bedürfnis, meine kleine Cali in meinen Armen zu halten. Die Energie, die mich beherrschte, seitdem ich Juans Geist heraufbeschworen hatte, verursachte, dass ich nichts anderes wollte, als nach Hause zurückzukehren und mich meiner Tochter zu widmen.

An diesem Morgen verhielt sich Maisel merkwürdig. Ich war gerade am Waschhaus gegenüber, als er zu mir kam, und das machte mir Sorgen. Hinter ihm bewegte sich still ein Trauerzug auf uns zu. Er schien kein Ende zu nehmen. Maisel wirkte auf vergnügte Weise düster, und das beunruhigte mich zutiefst.

Ich fragte ihn, was hier vor sich gehe. Er zeigte auf den Umzug vor uns und bedeutete mir, mich zu setzen. Er erklärte, dass sich die älteste Tochter des Generals, der Rafael ermordet hatte, in dem Sarg befand, sie war von einem Dissidenten getötet worden. Vergewaltigt und umgebracht. Am Vortag. Maisel erging sich in Einzelheiten, und fast bekam ich den Eindruck, es machte ihm Freude. Es erschreckte mich, ihn so zu sehen. Es stellte für ihn kein Problem dar, dass ein junges Mädchen gemartert worden war, um den General zu treffen. Er war der Meinung, Pepita würde sich freuen, aber wir müssten uns trotzdem eine Geschichte ausdenken, damit sie auch glaubte, dass wir Rafael gerächt hatten.

Ich fühlte mich ohnehin schon so haltlos, dass diese Gewalt, die von denen ausging, die doch zu mir gehörten, mir auf einen Schlag den Boden unter den Füßen wegzog. Was war ich doch naiv gewesen … Ich dachte daran, wie meine Mutter immer wieder gesagt hatte, wir seien die Guten. Ich kannte ja nur diese zwei Kategorien. Gut. Böse. Und jetzt schleuderte mir ein Fremder, ein Schönling, diese Wahrheit ungeschminkt und schonungslos entgegen: Die Meinen opferten Unschuldige auf dem Altar der Vergeltung.

Am liebsten wäre ich gestorben. Wieder. Ich suchte nach einem Ausweg, aber alles war finster. Ich blickte dem Trauerzug nach, eine Armee von Skorpionen, denen man ihr Gift genommen hatte. Es linderte nicht meinen Schmerz. Im Gegenteil. Ich war verloren. Ich wünschte, Cali müsste niemals diese Welt kennenlernen, ich war froh, dass Juan ihr nicht entgegentreten musste. Hatten auch meine Eltern getötet?

Zu jenen Menschen würde ich nicht gehören. Ich beschloss, dass ein menschliches Wesen für den Rest meines Lebens immer ein menschliches Wesen bleiben würde und ich es auch so behandeln würde. Und ich wusste ganz genau, wo ich das Wesen, das mich am meisten brauchte und für dessen Glück ich mich von nun an am stärksten einsetzen würde, suchen musste.

Morgen würde ich zu meiner Tochter zurückkehren. Nur ihr konnte ich vertrauen. Nur sie würde mich dazu bringen weiterzumachen. Alle anderen waren verrückt geworden.

8.

Das Barometer

Das Barometer an der Hauswand hing schief. Als würde es sich von seinem Nagel lösen wollen, als wäre ihm das Gemäuer nicht solide genug. Es war aus Emaille und trug einen Martini-Schriftzug, und es gab nicht nur den Luftdruck an. Es gab auch das Klima in der Familie an und ob sie sich im Gleichgewicht befand. Es zeigte mir, dass ich alles verkehrt gemacht hatte. Es erzählte mir, dass meine Abreise ein Erdbeben verursacht hatte, durch das alles, was sich bis dahin aufrecht gehalten hatte, ins Wanken geraten war. Ich eingeschlossen.

Schwungvoll machte Cali mir die Tür auf. Ich konnte mich kaum beherrschen, sie nicht mit Küssen zu überhäufen. Sie war die *dueña* des Hauses geworden, eine richtige kleine Frau. Meine Abwesenheit hatte die Rollen vertauscht, und das bekümmerte mich. Aus dem Haus hörte ich Andrés Nähmaschine, akkurat und emotionslos, genau wie er. Eine Vorbotin der Unnachgiebigkeit, die er mir allein vorbehielt.

Calis vierter Geburtstag stand unmittelbar bevor, ich hatte also ein Achtel ihres Lebens verpasst. Das ist viel. Meine Tochter war mit einer Zungenfertigkeit gesegnet, die offen gestanden nicht ihrem Alter entsprach. Sie besaß eine instinktive Intelligenz, und ihre Gedankengänge waren schon sehr entwickelt. Ich kam gar nicht hinterher, als ich ihr zuhörte. Ich hätte mich freuen sollen, dass ich kein betrübtes Kind vorfand. Aber ich fühlte mich ihrer beraubt, und das tat furchtbar weh.

»Ich werde Paläontologin, Pilotin und Ballerina. Ich weiß, das ist Arbeit. Ich habe keine Angst. Und ich kriege auch ganz viele Kinder. Und die lasse ich niemals allein.«

Sie hatte jetzt ein vorlautes Mundwerk. Ich fühlte mich ihr noch ferner als in Madrid. In meinem Bauch prallten eine Mischung aus Stolz, Kummer und Freude aufeinander.

»Wenn du meine Mama bist, warum sagen sie dann in der Vorschule, dass ich keine Mama mehr habe? Eine Mama schreibt Briefe. Früher warst du noch meine Mama, als du mit Juan weg warst, da hast du mir immer, immer geschrieben. Weißt du noch, wer Juan ist? Ihn hast du auch alleine gelassen, ich gehe jeden Tag auf den Friedhof. Manchmal will Tante Leonor nicht anhalten, aber dann sagt sie immer Ja. Sie ist jetzt meine Mama.«

In aller Stille begann ich meine Buße. Ach, die Schuldgefühle! Noch so eine Spezialität, mit der wir unsere Zeit verschwenden. Mach dich davon frei, *mi cielo*. Lern aus deinen Fehlern, anstatt dich selbst zu bemitleiden.

Ich würde mir die Liebe meiner Tochter erkämpfen, jeden einzelnen Tropfen, und wenn ich dabei vor Erschöpfung umfiel.

»Ja, aber schau, mein Herz, deinen Geburtstag habe ich nicht verpasst. Morgen backe ich dir einen Kuchen, wie jedes Jahr, und zwar den, den du dir heute Abend vorm Schlafengehen wünschst«, sagte ich aufgesetzt fröhlich.

»Ach ja, machen wir das jedes Jahr? Ich kann mich nicht daran erinnern«, erwiderte sie kühl.

Sie verstummte. Ich biss die Zähne zusammen. Schon etwas vergnügter sprach sie weiter.

»Meinen Geburtstag hast du nicht verpasst, aber den von Meritxell, den von Tante Leonor, und dann hast du auch noch verpasst, als wir bei Madrina übernachten mussten wegen der Überschwemmung.«

Erneut hielt sie inne und dachte nach.

»Du hast auch verpasst, wie ich zum ersten Mal ohne Stützräder gefahren bin. Und als Papa sich in den Daumen geschnitten hat. Du hast das Frühlingsfest verpasst, das Kirschenfest, das im Sommer, das von der Weinlese … Und du hast auch verpasst, wie meine Lehrerin vor der Schule hingefallen ist. Ich habe ihr etwas auf den Gips gemalt. Das schönste Bild von allen aus der ganzen Klasse. Aber sie hat mich trotzdem bestraft, als ich Ama danach im Speisesaal geschubst habe.«

Sie betrachtete ihre ausgestreckten Finger. Dann runzelte sie die Stirn. Sie hob den Kopf und sah mich an.

»Kennst du meine Lehrerin? Sie ist furchtbar.«

Wie es in ihr arbeitete! Es tröstete mich, mit welch wahnsinniger Geschwindigkeit in ihrem jungen Köpfchen ein Gedanke den nächsten jagte.

»Natürlich kenne ich sie. Ich weiß noch, dass Madrina Angst hatte, sie würde zu streng sein, deswegen haben wir Mandeln gesammelt, die du ihr nach den Ferien schenken solltest, um sie milde zu stimmen. Als ich dich später abgeholt habe, haben wir die gegessen, die noch in meiner Tasche waren, und sie waren so bitter, dass wir das Gesicht verziehen mussten und sie alle wieder ausgespuckt haben. Wir haben uns auf dem Heimweg totgelacht. So war es, weißt du noch?«

»Nein.«

Sie blieb unversöhnlich, stur stand sie vor mir, sich ihrer Macht bewusst. Doch ich merkte, wie sie dann doch etwas nachgiebiger wurde. Diese Geschichte erinnerte sie an etwas Schönes, das sah ich in ihren Augen. Sie hatte sich verbarrikadiert, um nicht zu leiden, sie schützte sich vor dem Menschen, der sich doch eigentlich dazu verpflichtet hatte, sich um sie zu kümmern, denn er hatte sie auf die Welt gebracht, aber dann hatte dieser Mensch seine Pflicht vernachlässigt. Es würde Zeit brauchen. Daran klammerte ich mich. Ich ertrug es kaum. Aber das zeigte ich ihr nicht. Sie würde noch früh genug erfahren, dass manche Schmerzen einen so überwältigten, dass man nichts mehr zu geben hatte, selbst dem Menschen nicht, der einem am meisten am Herzen lag. Meine Erklärungen würden warten.

»Gut ... Dann müssen wir eben neue Erinnerungen erschaffen, wenn diese hier sich aus deinem Gedächtnis verabschiedet haben. Und die gute Nachricht ist, dass wir ein ganzes Leben dafür vor uns haben! Oder fast ...«

Mit misstrauischer Neugier sah sie mich an. Sie hielt mich auf Abstand, meine mütterlichen Bemühungen kümmerten sie nicht. Als ich mich hinhockte, um ihre Hand zu nehmen, wich sie zurück und entzog sie mir, sie verkroch sich wieder in ihrem Panzer. Ein Sprichwort fiel mir ein: *Cria cuervos y te sacarán los ojos* (Zieh Raben groß, und sie werden dir die Augen aushacken). Am schwersten war, dass Boshaftigkeit Cali völlig fernlag. Die grausame Welt der Kindheit ... Und dennoch. Deine Mutter hat sich ihre Unverfrorenheit weit über die Kindheit hinaus bewahrt. Sie hat lediglich gelernt, sie auf andere zu richten.

Jeden Morgen zog ich eilig meine Rüstung an, um dieses fürchterliche Gefühl der Machtlosigkeit zu zerschlagen. Tag und Nacht verzehrte ich mich nach den wenigen Stunden, in denen ich für Cali wieder zum Leben erwachte. Weil sie zur Vorschule ging, war die gemeinsame Zeit unter der Woche begrenzt. Vierzig Minuten am Morgen, eine Dreiviertelstunde am Mittag und drei Stunden am Abend. Es war so wenig. Und selbst nach sieben Stunden Schlaf und mit einem Haushalt, den es zu führen galt, blieb noch immer zu viel Zeit zum Grübeln ...

Auch wenn Leonor und Carmen mir recht gnädig gesinnt waren, hatte sich das restliche Viertel über mich das

Maul zerrissen. Ich konnte ihnen ihre Geringschätzung ansehen, wenn ich in die Stadt fuhr.

André arbeitete furchtbar lang. Wenn er freihatte, unternahm er mit Cali lange Spaziergänge in der Garigue, aber ich traute mich nicht, mich ihnen dabei anzuschließen. Ich wollte das Gleichgewicht nicht stören, das sie miteinander gefunden hatten. Unser Zusammenleben zu dritt würden wir Stück für Stück wiederaufbauen müssen. Ich wusste, dass André mir am liebsten den Hals umgedreht hätte. Um seiner Tochter willen hielt er sich zurück und sagte nichts. Dafür bewunderte ich ihn. Mir war es nie gelungen, meine Gefühle im Zaum zu halten. Ein Teil von mir weigerte sich, erwachsen zu werden, denn das Kind in mir war alles, was mir von meinem früheren Leben noch geblieben war. Von der Zeit, in der ich noch ein Zuhause gehabt hatte. Ein echtes.

Wenn wir zu dritt zusammen waren, hatte André an jedem meiner Handgriffe für Cali etwas auszusetzen.

»Nein, das isst sie nicht mehr zum Frühstück. – Leg die Laken nicht so zusammen, Cali mag es nicht, wenn Falten darin sind. – Nein, sie kommt von der Schule direkt nach Hause, sie geht nicht mehr gern in den Park, sie spielt lieber hier. – Hör auf, ihr die Schuhe zu binden, das kann sie allein. – Nein, der Rock ist zu eng, zieh ihr den hier an.«

Ich hatte keine Ahnung von diesem Leben, das nicht mehr mein Leben war. Ich war Zuschauerin. Monate vergingen, ohne dass André und Cali mir jemals in die Augen schauten, und wenn doch, dann aus Versehen. Dann schauten sie sofort weg, als befürchteten sie, dass es nur aufs Neue wehtun würde, wenn sie mich wieder liebten. All meine unerwiderte Liebe legte ich ins Kochen. Ich vertraute darauf, dass ich meine Familie mit köstlichen Speisen zurückerobern konnte. Die Hände meiner Mutter waren am Herd ungewöhnlich flink und akkurat gewesen. Ich machte mich auch nicht schlecht. Spanien und alles, was ich daran liebte, ließ ich auferstehen. Knoblauch. In allem. Tomaten. *Cebolla*. Safran. Pfeffer. Orangenblüten. Piment. Zimt. Jasmin. Nur eine Prise. Ich improvisierte, ich probierte, nur um sie zu überraschen und ihnen eine Freude zu machen. Ich tat alles, um die Aromen aus der Küche meiner Großmutter und meiner Mutter wiederzufinden. Auf diese Weise stellte ich Cali und ihrem Vater diejenigen vor, die mich geformt hatten. Fand ich eine Zutat, die mir noch fehlte, war es ein Fest. Während ich all diese Gerichte zubereitete, redete ich mit meinen Vorfahrinnen, das machte es mir leichter. Aber auch schwerer. Denn die Teller wurden jedes Mal leer, ohne die Herzen voll zu machen: Nie bekam ich ein freundliches Wort zu hören.

Es war anders, wenn ich nicht dabei war. Las André Cali abends ihre Geschichte vor, konnte ich mich nicht zurückhalten und lauschte an der Tür, denn auch wenn es mir verwehrt wurde, wollte ich diesen besonderen und kostbaren Augenblick des Zubettbringens miterleben. Cali wurde ganz lieb, wenn die Dunkelheit sich beruhigend über sie legte. Es war schön zu hören, wie mein hübscher Orkan zu einer sanften Brise wurde, während sie auf den Sandmann wartete. Bei jeder Seite, die umgeblättert wurde, ließ sie ein »Ich hab dich lieb, Papa« verlauten. Dann antwortete er ihr ebenfalls mit einem »Ich hab dich lieb«. Zu mir hatte er das noch nie gesagt. Ich hatte nicht gewusst, dass er dazu in der Lage war.

Die Rachsucht der beiden war so zählebig wie Quecke … Vor allem das Schweigen, wenn wir zusammen am Tisch saßen, weckte meine Schuldgefühle. Dann klopfte mein Herz schneller, und ich ging aus dem Zimmer und ließ den Tränen freien Lauf. Sie sollten mein Herz nicht verhärten und davon abhalten, sie zu lieben.

Dann wieder gab es Momente, in denen ich innerlich tobte, ohne einen Ton zu sagen. Was glaubte André eigentlich? Dieses Kind war in mir herangewachsen, und ich wusste, dass die vergangenen sechs Monate nichts daran ändern würden. Du kannst dir vormachen, was du willst, André, die Geschichte, die ich neun Monate vor dir mit meiner Tochter begonnen habe, kannst du mir nicht wegnehmen.

Er akzeptierte weder meine Schuldbekenntnisse, noch konnte er mir verzeihen. Auch über Juan wollte er noch immer nicht sprechen. Und wenn ich nicht lockerließ, wusste er ganz genau, wo er ansetzen musste …

»Die ersten vier Wochen, als du weg warst, ist Cali jeden Morgen und jeden Abend zum Briefkasten gegangen, weil sie hoffte, ein Lebenszeichen von dir zu bekommen.«

Drei lange Jahre sollte die Bewährungsprobe dauern. Das Café hat uns schließlich gerettet, weißt du. Und auch ein bisschen meine Courage. Die Schneiderwerkstatt, in der André arbeitete, hatte gerade ihre Schließung angekündigt. Auf der Straße lief mir Madrinas Schwester über den Weg, sie lebte vierzig Kilometer entfernt, kam aber manchmal zu Besuch. Als ich ihr berichtete, was André passiert war, erzählte sie mir von einem Ladengeschäft bei ihr im Dorf, das für einen Spottpreis verkauft werden sollte. Es war derzeit im Besitz einer Familie, die nicht fauler hätte sein können. Alle Anwohner beschwerten sich schon darüber. Ich fasste es als ein Zeichen auf. Dein Großvater und ich hatten zwar unsere Fehler, aber wir waren beherzt. Fleißig und mutig. Es war genau die richtige Herausforderung für uns. Cali war sieben Jahre alt, als ich das Café einem Impuls folgend erstand. Meine schwarze Jungfrau muss sich leichter gefühlt haben als je zuvor. Einmal die Ersparnisse aus zehn Jahren auf dem Teppich ausgeschüttet, und schon war die Sache geritzt. André stellte ich vor vollendete Tatsachen. Ich sagte ihm, dass ich jeden Tag pendeln würde, wenn es sein musste, für dieses Vorhaben sei ich zu allem bereit. Wohl oder übel kam er mit, denn Cali freute sich unglaublich darüber, dass wir aufs Land zogen, und er hatte Angst vor der Leere. Wenige Wochen später zogen wir um.

Das Leben in Marseillette war süß. Das Café war gleichzeitig ein Restaurant mit vierzig Plätzen, eine Zapfsäule, ein Tabak-, Lotto- und Zeitschriftenladen … Durch dieses neue Leben, das wir gemeinsam begannen, fanden Cali und ich wieder zueinander. Wir blühten auf wie zwei Blumen, die nach einer langen, dunklen Trockenzeit wieder Sonne und Regen ausgesetzt waren. Es hatte uns stark isoliert, als wir aus Madrinas Haus ausgezogen waren. Dabei waren deine Mutter und ich ausgesprochen gesellige Wesen, wir waren neugierig auf andere, empfänglich für Unterschiede, für Geschichten und Geschichte. Im Café konnten wir uns nach Herzenslust austoben! Hier fand ich die Atmosphäre aus dem Mietshaus und der Kommune wieder und als Zugabe die Gewissheit, dass niemand eintrat, der uns Böses wollte. Die Gäste kamen einfach zum Essen, zum Trinken oder auf einen kleinen Plausch. Es schockierte auch niemanden, dass am Sonntag nach dem Gottesdienst alle Moralprediger auf einen Aperitif kamen. Selbst der Pfarrer ließ sich gelegentlich blicken, um sich einen Pastis zu genehmigen. Das wurde respektiert, und niemand hielt deswegen weniger von den Geboten, die im Hause seines nichtsnutzigen Gottes galten.

Schon bald arbeitete Carmen bei uns. Als André und ich sie um Hilfe baten, machte dieses Früchtchen natürlich ein Drama daraus: »Meine Großzügigkeit wird mich noch ins Verderben stürzen.« Aber ich wusste, dass sie nur darauf wartete, von mir aus Leonors und Madrinas Klauen befreit zu werden. Zusammen mit mir übernahm sie die Bedienung im Saal und am Tresen. *Pobrecita*, ihren beiden *mamás* ist sie nicht entkommen. Leonor kam neben ihren Schichten im Krankenhaus ebenfalls her, um sich um die Wäsche zu kümmern. Im Handumdrehen erlag sie dem Ambiente unserer spanischen Herberge und ernannte sich selbst zur Hilfsköchin. Freitagabends, wenn niemand mehr da war, setzte sie sich zu ein paar jungen Veteranen des RCT, des Netzwerks für Fernmeldewesen, die sich oft bei uns trafen. Ich sah gern aus dem Augenwinkel dabei zu, wie meine Schwester die Überzeugungen unserer verstorbenen Eltern wiederaufleben ließ. Nicht unbedingt wahrheitsgetreu schrieb sie die Geschichte so um, dass dabei nur diejenigen im Glanz erstrahlten, die auf unserer Seite waren. Ich fand das wunderschön. Sie hielt fest an der Vergangenheit, die uns sowohl schmerzte als auch am Herzen lag und die normalerweise totgeschwiegen wurde, als müsste man sich dafür schämen.

Madrina kam an den Wochenenden. Sie hatte sich die Zapfsäule ausgesucht. Laut ihr der beste Posten, um Leuten zu begegnen. Vorm Café verlief die Minervoise, wir lockten also eine Menge Leute an. Vom Touristen bis zum Lkw-Fahrer. Im Dorf erzählte man sich, Madrina verkaufe neben Benzin auch Gras. Schließlich rühmte sich das Café damit, für jedes Bedürfnis gerüstet zu sein!

Als du das Café kennengelernt hast, war es schon an unsere alten Knochen angepasst, aber als wir es damals übernahmen, gehörten auch eine Ecke mit Lebensmitteln und eine Pension mit neun Zimmern dazu, von denen ich mit André und Cali eines bewohnte. Ein zweites war bei Bedarf für Familienmitglieder reserviert. Der letzte Bus nach Narbonne fuhr um neunzehn Uhr, ein ausgezeichneter Vorwand für meine Schwestern, um hierzubleiben.

Hier war es aufregender. Wenn Leonor und Meritxell über Nacht blieben, bedeutete das für Carmen allerdings Enthaltsamkeit. Sonst benutzte sie das Zimmer heimlich mit ihren diversen Liebhabern. André und ich taten so, als würden wir es nicht bemerken. Ihm gefiel es nicht, dass meine kleine Schwester all ihre Freiheiten ausnutzte, ohne sich um irgendwelches Gerede zu scheren. Mich machte es stolz. Jahrelang hatte Carmen immer nur das getan, was von ihr erwartet wurde, sodass es mich mit Glück erfüllte, wie sie sich emanzipierte. Anders als Leonor und ich, die wir auf ewig entwurzelt bleiben würden, fühlte Carmen sich als Französin. Seit unserer Ankunft in Narbonne sprachen meine Schwestern und ich nur dann Spanisch, wenn wir unter uns waren oder die Gruppe ausschließlich aus Spaniern bestand. Zu dritt oder mit *el tío* Roberto und Madrina genossen wir das ungemein. Aber schon wenn André zu einer Unterhaltung dazukam, wechselten wir ins Französische.

Der Zauber unseres Cafés lag darin, dass bei einem Glas Wein oder einer Runde Karten die Grenzen zwischen den Feldern verschwammen. Das Schachbrett zerlief wie ein Aquarell und verwandelte sich in eine ausgezeichnete Tanzfläche, auf der niemand mehr von seinem Aussehen oder seiner Einstellung gefangen gehalten wurde.

Deine Mutter wurde innerhalb weniger Monate zum Maskottchen der Touristen und des ganzen Dorfes. Sie sang, sie tanzte, sie improvisierte kleine Sketche und fand stets ein bereitwilliges Publikum.

Nie werde ich den Tag unserer Eröffnung vergessen. Cali war so aufgeregt, als würde sie auf die Gäste ihrer Geburtstagsfeier warten. Es war an einem 1. Mai, einem Samstag. Wir hatten im Rathaus darum gebeten, dass sie in der Woche vor der Eröffnung über die Lautsprecher des Dorfs täglich eine Ansage machten. »HALLO, HALLO, das Café *La Terrasse*, direkt am Rathaus, eröffnet am 1. Mai um Punkt neun Uhr seine Türen.«

In Marseillette ist der 1. Mai ein ganz besonderer Tag. Am Vorabend, bei Einbruch der Dunkelheit, treffen sich die »großen Kinder« und die Jugendlichen. Der Brauch ist es, alles, was in Gärten, auf Terrassen und vor Eingangstüren herumliegt, einzusammeln und auf den Dorfplatz zu tragen. Wer seine Habseligkeiten lieber behalten will, muss für die kleinen Diebe eine Flasche oder etwas zu Naschen vor die Tür legen. Wer mitspielen möchte, lässt sich von den jungen Leuten ausplündern. Wollen die Mitspieler ihre Gartenstühle, Blumentöpfe, Fahrräder, Hängematten, Pergolas und Wippen wiederhaben, müssen sie am 1. Mai morgens auf den Dorfplatz kommen. Mit etwas zu trinken oder zu essen kaufen sie ihre Besitztümer wieder frei. Vom Abend bis zum nächsten Mittag, von den Verfolgungsjagden bis hin zum Zuprosten, füllt sich das Dorf mit Leben. Einmal wurde sogar ein Renault Estafette geklaut, den die Diebe von ganz unten aus dem Dorf bis hoch auf den Platz schoben.

Als wir an jenem Morgen die Rollläden vom Café hochzogen, *mi amor*, was war das für ein Anblick! Der Platz war rappelvoll. Die jungen Leute mussten die

Sachen sogar stapeln, so viel hatten sie angeschleppt. Eine alte Dame war schon da und lief auf der Suche nach ihrem Zeug mit einer Tarte in den Händen herum. Ein etwa vierzehnjähriger Junge sammelte die Gaben ein. Die beiden lachten miteinander. Alter oder soziale Schicht hatten keine Bedeutung mehr, alle erfreuten sich am Spiel und am Miteinander.

Um zehn Uhr wimmelte es auf dem Platz nur so vor Menschen. Das erste Väterchen, das ins Café kam, gefolgt von einigen anderen, sprach mich auf Spanisch an und lächelte breit:

»*Bienvenida en tu casa, cariño. Ya lo sabes, tu casa es mi casa, y me lo voy a aprovechar!*« (Willkommen in deinem Haus, meine Liebe. Dein Haus ist mein Haus, und das werde ich ausnutzen!)

Zwei seiner Begleiter stimmten in sein Lachen ein, und ein weiterer fügte hinzu:

»*NUESTRA casa, coño!*« (Unser Haus!)

Die anderen Männer verstanden nichts, aber das war ihnen gleich, zu sehr waren sie damit beschäftigt, den besten Platz für eine Runde Belote auszusuchen. Siebenunddreißig Jahre gab diese kleine Truppe den Tisch nicht mehr her, dabei verstand jeder nur die Hälfte von dem, was sie sich alle in einer Mischung aus Okzitanisch, Spanisch, Arabisch, Portugiesisch und Französisch erzählten. Natürlich kam es auch mal zu Streitereien, und wir erlebten es aus nächster Nähe, aber es hatte nie etwas mit Herkunft oder Hautfarbe zu tun, und das machte es angenehm.

Die Pensions- und Stammgäste wurden zu einer zweiten Familie. Drei Monate lang wohnte eine Truppe Arbeiter bei uns, die gerade einen Staudamm bauten. Einmal gab es zwei Frauen, die heimlich ein Liebespaar waren. Einmal einen Fan des Ozeanforschers Cousteau, der Cali alles über Wale und Delfine beibrachte. Wir hatten sogar einen Gast, der nur einen einzigen Satz sagte, auf Okzitanisch: *Escota quand plòu* – Hör, wie der Regen fällt. An seinem Tonfall erkannte man, ob der Satz für ein Bitte, ein Guten Tag oder ein Danke stand. Vielleicht waren ihm alle anderen Wortfolgen nicht poetisch genug. Jeden ersten Montag im Monat legte Madrinas Schwester für zehn Franc Tarotkarten. Das zog noch eine ganz andere Art von Klientel an. Wir feierten nicht einmal mehr bei Leonor Weihnachten, zu sehr schmerzte es uns, auch nur für einen Tag zu schließen. Es hätte die einsamsten Gestalten zu noch größerer Einsamkeit verdammt.

Einmal im Monat ging ich mit Cali zum Dorffest. Von sechs bis acht tanzte sie mit ihrem Vater. Getanzt wurde alles: Walzer, Paso doble, Tango und auch Java, denn wenn es Zeit für den Aperitif war, spielte die Kapelle eine Musette. Um acht wandelte sich die Stimmung, dann tanzten Cali und ich in einer Ecke der Tanzfläche nur zu zweit. Wir gaben uns der neuen Musik hin, die André nicht verstand, die rhythmischer war, vielschichtiger, und gerieten in Trance. Normalerweise eine Stunde, um auszurasten, wie Cali es nannte, dann brachte ich sie nach

Hause und ins Bett. Auch im Café, wenn alle Gäste gegangen waren, tanzten wir.

An manchen Abenden teilte Cali sich die Tanzfläche mit ihrer Cousine Meritxell. Sie waren zu strahlenden, hübschen jungen Mädchen herangewachsen und so vertraut miteinander wie Schwestern. Es brachte Leonor und mich wieder näher zusammen. Das Leben im Café hatte meine Ängste beiseitegeschoben und Platz für Vertrauen geschaffen, in mich wie auch in andere.

Auf dem Frühlingsfest blieb André ausnahmsweise einmal länger als bis acht. Vielleicht hatte der Muskateller nachgeholfen, jedenfalls schien ich ihm zu gefallen. Als wir nach Hause kamen, durchbrach ich hektisch die unsichtbare Barriere, die uns seit Juans Zeugung voneinander trennte. Es war zärtlich, einfach und natürlich, wie bei zwei Menschen, die sich seit Langem kennen, aber auch leidenschaftlich, wie bei zwei Menschen, die sich nicht mehr kennen. Ich begann wieder zu hoffen. Nicht lange.

Zum Glück war das Leben im Café rasant. Zeit für Selbstmitleid gab es keine. Nur für Mitleid mit jenen, die uns ihre Sorgen anvertrauten und darauf bauten, dass wir uns ihrer annahmen. Von ihnen gab es am Tresen viele. Und sie geizten nicht mit Liebenswürdigkeit gegenüber ihrer kleinen Rita. Auch dein Großvater war auf seine Weise liebenswürdig zu mir. Im Laufe der Zeit hatten unsere Körper sich zu verständigen gelernt, doch die Verbindung, die wir zwischen den Laken wiedergefunden hatten, dauerte nicht an. Es war eine brutale Rückkehr zur Realität, und das machte mich traurig.

Die Liebesgeschichten bei uns verliefen nicht immer so matt und gedämpft. Manchmal waren sie heftig und echt. Im Café hat deine Mutter deinen Vater kennengelernt. Ohne mich hätte sie ihn niemals bemerkt, so ausgefüllt war ihr Leben ohnehin schon. Tanzkurse, Zeichnen, Pétanque im Dorfverein »La Boule Rouillée«, Belote mit ihrer kleinen Seniorentruppe am Donnerstagabend, dann ihre Freundinnen … Cali hatte niemals Zeit. Zum Glück kannte ich die Männer. Aber ja doch, den hübschen Jungen, der zehnmal am Tag mit vorgestreckter Brust auf seinem klapprigen Fahrrad am Café vorbeifuhr und sich nicht traute hereinzukommen, den hatte ich bemerkt.

Ich fragte die Gäste im Café aus. Niemand kannte ihn, er war nicht von hier.

»Aber Messieurs, ich sage Ihnen doch, seit mindestens einem halben Jahr radelt er jeden Mittwoch, Samstag und Sonntag, den Gott werden lässt, hier herum.«

Es wurde hämisch gelacht, das sei doch bloß viel Lärm um nichts. Von wegen nichts. Ohne dieses Nichts wärst du nicht hier.

Am Tag, als ich der Sache endlich auf den Grund gehen konnte, war ich allein im Café. Ich trocknete gerade Gläser ab und schimpfte vor mich hin, da legte der Junge mitten auf dem Platz eine grandiose Bauchlandung hin. Ich rannte hinaus und versuchte ihm aufzuhelfen. Allein schaffte ich es nicht. Er war übel zugerichtet. Genau wie sein Fahrrad. Zwei Stadtangestellte kamen aus dem Rathaus geeilt und halfen mir, ihn ins Café zu bringen, wo ich ihn verarzten konnte. *Pobrecito.*

»Haben Sie Flickzeug da? Ich habe einen Platten, das ist gar nicht gut, bis nach Hause sind es fünfzehn Kilometer.«

»Fünfzehn Kilometer? Jetzt versorge ich erst mal deine Wunden, und dann erklärst du mir, weshalb du dich seit Monaten hier bei uns herumtreibst.«

Ich befestigte gerade den letzten Verband, als deine Mutter hereinkam. Beinahe glaubte ich, er würde aus den Latschen kippen, als ihr Blick auf ihn fiel. Sie lächelte ihn an. Ich lächelte beim Anblick der beiden ebenfalls. Er hatte nur noch Augen für sie.

Dein Vater war damals vierzehn. Deine Mutter dreizehn. Sie hatte bereits eine Million Leidenschaften. Er hatte nur eine: sie. Besser gesagt zwei: deine Mutter und die Musik. Er spielte Akustikgitarre. Cali fand das altmodisch. Ich fand natürlich, dass es ein merkwürdiger Zufall war. Vielleicht habe ich das Ganze auch ohne es zu wollen ein wenig angeschoben. Dein Vater war so wunderschön! Und wie er deine Mutter angesehen hat. So viel Respekt, Bewunderung, Sanftmut lagen in seinem Blick. Ich vertraute ihm. Deine Mutter hingegen hielt ihn hin. Nein, ich kann nicht mit dir zum Fest gehen, ich gehe schon mit meiner Cousine Meritxell. Nein, ich kann nicht zu deinem Konzert kommen, Sonntagnachmittag habe ich Pétanque. Ja, da habe ich schon einen Partner, genau. Nein, ich kann nicht ins Kino gehen, heute Abend muss ich lernen. Was für eine eingebildete Pute. Cali war so brillant, sie musste doch keinen Finger krumm machen.

Sie begann erst, sich für deinen Vater zu interessieren, als sie ihn auf der Bühne erlebte. Ganze zwei Jahre später. Ein paar junge Leute hatten im Café ein kleines Konzert auf die Beine gestellt. Einer von ihnen forderte deinen Vater auf, ein Lied zu spielen. Er wurde leichenblass und versuchte in der Zuschauermenge unterzutauchen. Bei seinem Fluchtversuch stieß er mit den Straßenarbeitern zusammen, die ihn mit Gewalt hinter das Mikro zerrten. Jetzt gab es kein Entkommen mehr, er senkte den Kopf und schnappte sich eine Gitarre. Ich zitterte genauso stark wie er. Mit der Zeit war er mein Schützling geworden. Er heftete seinen Blick auf deine Mutter, als könnte nur sie ihm den nötigen Mut verleihen, und begann. Von den ersten Akkorden an nahm uns das Pulsieren mit. Seine Stimme klang warm, der Rhythmus wiegte uns. Ich beobachtete deine Mutter. Sie versank vor Verlegenheit im Erdboden, aber ich sah genau, dass jeder einzelne Ton sanft auf ihrer Haut aufkam, dass jedes einzelne Wort zart ihr Herz berührte. Später an dem Abend fragte Cali, ob sie deinen Vater am nächsten Tag in der Stadt treffen dürfe. Natürlich sagte ich Ja. Als ich wieder allein war, legte ich eine Platte in der Jukebox auf. Ich konnte meine Freude nicht länger unterdrücken, und so tanzte ich sie zwischen Billardtisch und Flipperautomaten hinaus.

Ich hatte das Barometer am Abend vor der Eröffnung neben dem Eingang des Cafés angebracht. Hier hat es die Jahre überdauert, ohne auch nur einmal zu wackeln. Mehr als drei Jahrzehnte lang hing es gerade wie eine

Eins an der Wand. Dieses Martini-Barometer gibt eben nicht nur den Luftdruck an. Es zeigt auch an, welche Hindernisse unsere verletzten Herzen schließlich überwanden.

9.

Der Briefumschlag

Ich fand den Briefumschlag in meiner Handtasche, als du dir gerade im Kreißsaal deinen Weg zu uns bahntest. Deinen Vater hatten wir nicht erreicht, also hinterließen wir ihm zu Hause eine Nachricht. Er würde sie vorfinden, wenn er von seinem Konzert zurückkäme, vermutlich in den frühen Morgenstunden. Leonor, Carmen, Meritxell, Madrina und ich saßen uns im Wartezimmer den Hintern platt. Wir scherzten über deine Mutter, die uns aus Schamgefühl bei der Entbindung nicht dabeihaben wollte, und lachten uns kaputt, als wir an unsere eigenen Geburten zurückdachten, bei denen es so viel folkloristischer zugegangen war und wo es offen gestanden einfach keinen Raum für Befangenheit gegeben hatte. Hygienevorschriften wurden damals nur ansatzweise eingehalten, und niemand scherte sich darum. Madrina und ich nahmen bei den technischen Details kein Blatt vor den Mund, sodass Carmen sich ekelte. Sie war mittlerweile über vierzig, und eine Frage lag uns allen auf der Zunge. Ich sprach sie aus.

»Bereust du es wirklich nicht, dass du keine Kinder bekommen hast?«

»Machst du Witze? Sieh uns doch mal an, Rita, ich bin von uns die, die am besten geraten ist, niemals würde ich es zulassen, dass mir eine Keule von drei oder vier Kilo die Blume ruiniert und den Rest noch dazu! Außerdem habe ich schon eure beiden Gören großgezogen, und die haben mir die Freuden des Mutterseins gehörig verleidet.«

Sie brach in Lachen aus. Wir anderen stimmten mit ein. Dann schien Leonor in Gedanken zu versinken.

»Ich hätte am liebsten eine ganze Schar von Knirpsen in die Welt gesetzt, wenn Gott gewollt hätte«, sagte sie traurig.

»Und deine Blume hätte ausgesehen wie ein Blumenkohl, *mi amor*!«, warf Carmen ein. »In so einer Verfassung wäre *tío* Roberto dir nicht so lange hoffnungslos verfallen gewesen.«

Wir lachten noch mehr. Es war der 31. Dezember, und die Stimmung im Krankenhaus war nicht alltäglich. Manche trugen festliche Stierkämpfertracht, bereit für die Silvesterfeier. Im Flur roch es nach Foie gras. So müsste es hier jeden Tag zugehen, die Zeit verginge viel schneller! Meritxell war zappelig, weil sie auf einer Feier erwartet wurde, dabei wussten wir alle, dass sie hier bei uns sein wollte. Cali war mehr als eine Cousine, sie war ihre Schwester. Sie teilten alle ihre Geheimnisse. Was das für Geheimnisse waren, wollten wir lieber nicht wissen.

Auf einmal stand *Escota quand plòu* vor uns, so weltfremd und verträumt wie immer.

»*Escota quand plòu?*«

»Immer noch nicht, mein Großer.«

»*Escota quand plòu?*«

»Versprochen, wir rufen im Café an, sobald das Baby da ist.«

Alle fünf Minuten kam jemand zu Leonor, um sie zu umarmen und ihr alles Gute zu wünschen. Meine Schwester kannte die Leute in den weißen Kitteln hier. Es war beeindruckend.

Stolz erfüllte mich, als ich mir den Haufen von Frauen anschaute, den wir bildeten. Leonor war Hebamme und setzte sich für das Recht auf Abtreibung ein. Meritxell war Spanischlehrerin und ehrenamtliche Dorfschreiberin. Sie hätte ganze Romane verfassen können. Madrina, die einzige Überlebende einer Familie von Anarchisten, war zur (eigennützigen) Mutter Teresa für sämtliche Exilanten geworden. Cali hatte dank ihres Talents als Tänzerin bereits die ganze Welt erobert. Sie umarmte die Luft. Sie erweckte sie zum Leben, machte sie greifbar, so weich wie eine Wolke. In ihrem Windschatten nahm sie deinen Vater mit. So weit, dass er sich als Musiker ihrer Compagnie angeschlossen hatte. Sicher, deine Mutter war überzeugend, aber niemand konnte deinem Vater widerstehen, wenn er seine Gitarre zum Klingen brachte. Das war sein eigenes Verdienst. Ohne deine Mutter hätte er sich nicht zum Vorspielen getraut, zum Glück reichte ihr Glaube an ihn für zwei.

Du warst seit sechs Tagen überfällig, aber offenbar wolltest du noch auf dich warten lassen. Wir erwarteten dich wie den Messias. Madrinas Schwester hatte im Kaffeesatz gelesen, dass Cali eine Tochter bekommen würde. Du kannst dir also vorstellen, dass wir es kaum noch aushielten. Madrina brachte mich mit den Geschichten der Geburten bei ihr im Haus so zum Lachen, dass mir die Tränen kamen. Während ich ihr zuhörte, wühlte ich in meiner Handtasche nach einem Taschentuch.

»Als Leonor so weit war, habe ich euch mit Robertos Auto abgeholt, weißt du noch, Rita? Ich hatte nicht mehr hinter dem Steuer gesessen, seit ich Spanien verlassen hatte, zu Anfang des Kriegs. *Coño*, was wurde Cali durchgerüttelt! Sie war noch so winzig. Wie sie in der alten Ente hin und her flog! Und du hast Tränen gelacht. Genau wie jetzt!«

Und ich lachte immer noch. Sie war verrückt, alle schauten uns an. Wo waren bloß die verfluchten Taschentücher? Ich ertastete einen Briefumschlag in meiner Tasche und wunderte mich. Als ich ihn hervorholte, erkannte ich sofort die Handschrift deiner Mutter. Ich war noch ahnungslos, aber es war, als hätte ich bereits alles verstanden. Hastig riss ich den Umschlag auf. In meinen Händen hielt ich die Vergebung, auf die ich mein Leben lang gewartet hatte – Cali hatte erahnt, welche Schuldgefühle mich plagten, seitdem ich nach Juans Tod geflohen war. Dann folgten knappe Abschiedsworte, »nur für den Fall«. Unter mir tat sich die Erde auf. Cali hatte erfahren, dass sie an der Bluterkrankheit litt. Ihre Schwangerschaft hatte womöglich einen Preis, den zu zahlen sie bereit war. Getragen von »einer Liebe, der selbst der Tod nichts anhaben kann« ging sie das Risiko ein und setzte ihr Leben aufs Spiel, um ihren Mann zum Vater zu machen. Dein Vater wusste Bescheid. Seit acht Tagen. »Sei nicht traurig, Mama. Ich hatte dreißig Jahre, die intensiver und schöner waren, als manch einer es je erlebt.«

Es verbrannte mich von innen, und ich begann zu zerfließen. Ich rannte los, stieß rasend eine Tür nach der anderen auf. Schließlich öffnete ich die richtige und betrat das Zimmer. Nur deine Schreie durchbrachen die Stille darin. Mit leisem Rascheln nahm das Personal Masken und Handschuhe ab. Deine Mutter hatte uns gerade verlassen. Und du warst gerade geschlüpft. Die Glocken von Saint-Vincent schlugen Mitternacht, und alle wünschten sich ein frohes neues Jahr. Irgendwo in der Ferne und auch vor der Tür zu eurem Zimmer. Von draußen drang das Knallen von Feuerwerkskörpern und Freudenschreien herein. Das müssen die ersten Klänge gewesen sein, die du gehört hast. Cali hatte nicht mehr die Gelegenheit, dich zu berühren und deine zarte Haut zu spüren. Eine Krankenschwester legte dich mir vorsichtig in die Arme. Augenblicklich fühlte ich die Vertrautheit zwischen uns. Ich bat das Personal, das Zimmer zu verlassen, damit wir drei unter uns waren. Umständlich machte ich den Oberkörper deiner Mutter frei. Ich zog meinen Pulli und mein T-Shirt aus. Ich wickelte dich aus und legte dich auf Calis Bauch. Mit den Händen deiner Mutter strich ich über jeden einzelnen Zentimeter deines kleinen noch blutverschmierten Körpers. Ich legte mich neben euch und schmiegte mich an euch. Du hast wie ein kleines Tier, das von seinem Instinkt geleitet wird, Calis Brust in dein zartes Mündchen genommen und angefangen zu nuckeln. Ich nahm ihre Hand in meine und legte sie um dich. Ich wünschte mir, dass wir drei diese große Reise gemeinsam antraten. Ich wünschte mir, dass nichts uns auseinanderbrachte, dass deine Mutter uns mitnahm und wir für immer aneinandergeschmiegt weiterleben würden.

Mit geschlossenen Augen ließ ich die Schlüsselmomente ihres Lebens wie in einem Film vor meinem inneren Auge ablaufen. Ihre Kindheit. Unsere Verbundenheit. Unsere Briefe, als Juan erkrankte. Was zu Bruch ging, die hart erkämpfte Wiederannäherung und dann diese Liebe und diese Nähe, die niemals zu wachsen aufgehört hatten. Selbst nicht in den fünfzehn Jahren mit deinem Vater an ihrer Seite, der sie bei all ihren Verrücktheiten begleitete. Wenn sie lachten, lagen sie im Wettstreit mit unseren Lieblingsplatten im Café um die schönste Musik der Welt. Es gefiel mir, wenn sie sich verkrachten, weil ich gern zusah, wie sie sich im nächsten Augenblick umso zärtlicher wieder versöhnten. Wie goldig es war, als sie mit Koffern, die größer waren als sie selbst, abreisten und dabei mehr schlecht als recht ihre Aufregung verbargen, weil sie uns beweisen wollten, wie verantwortungsbewusst sie waren. Sie waren noch sehr jung, als sie zum ersten Mal eine Tournee im Ausland zusagten. Ich hatte ausgehandelt, dass ich ihnen jederzeit nachreisen könnte, sollte es notwendig sein. Alles hatte ich mit den Veranstaltern dingfest gemacht, die Unterbringung, die Honorare für ihre Auftritte … Ich wusste, was meine Kinder wert waren! Ja, meine Kinder. Ich habe deinen Vater geliebt wie einen Sohn.

Während ich erst nach und nach wirklich begriff, was uns da widerfahren war, kam André herein, in einer Hand meine Handtasche, in der anderen den Brief. Zum ersten Mal sah ich ihn weinen. Als Juan gestorben war, hatte ich wohl an seinen rot unterlaufenen Augen gesehen, dass die Tränen geflossen waren, aber vor mir hatte er keine einzige vergossen. Vielleicht, um Cali seinen Kummer zu ersparen. Er hatte seine Kleine immer beschützt. Er hatte einzig und allein für sie gelebt. Und sie hatte es ihm tausendfach zurückgegeben.

An dem Tag, an dem ich dich das erste Mal im Arm hielt, nahm auch er mich das erste Mal in den Arm, spürte ich zum ersten Mal seine Liebe und Unterstützung. Zum ersten Mal in unserem gemeinsamen Dasein erlebte ich, dass er sich offenbarte, dass er hilflos war. Von diesem Tag an breiteten sich seine Arme ein wenig bereitwilliger aus. Oder vielleicht zögerte ich auch nicht mehr so stark, sie in Anspruch zu nehmen. Seit mehr als zwei Jahrzehnten hatte ich diese Art von Schmerzen nicht mehr spüren müssen. Ohne André an meiner Seite hätte ich es nicht geschafft.

Kaum war die Trauer in unser Leben getreten, musste ich mich ihr auch schon widersetzen, denn obwohl mir mein Augenstern genommen worden war, forderte das

Leben, dass ich für dich und deinen Vater sorgte. Ich wollte dir zu hundert Prozent meine Zeit, meine Energie, meine Liebe widmen. Aus dem Grund wollte ich nach dem Tod deiner Mutter das Café verkaufen. Außerdem erinnerten mich jeder Teelöffel, jeder Stuhl, jede Spur von Abnutzung daran, dass sie fehlte, und das war so schwer zu akzeptieren. Jedem Quadratzentimeter hatte sie mit ihrer unerschütterlichen Lebensfreude Zuversicht eingehaucht. Später war dein Vater mit seiner Begeisterung und seiner Kreativität dazugekommen. André und ich hatten mit der Arbeit alle Hände voll zu tun gehabt, auch wenn wir uns nie beklagten. Den Moment, in dem es zu viel zu werden drohte, spürte dein Vater immer schon vor uns. Sobald die Stimmung zu bedrückend wurde, sobald er uns die Erschöpfung ansah, holte er seine Freunde zur Verstärkung. Dann war es uns untersagt, das Café in den nächsten vierundzwanzig Stunden zu betreten, dein Vater übernahm das Kommando, und wir kehrten rundum erholt zurück. Vor deiner Geburt hatten wir nie gemerkt, wenn es uns überforderte. Danach entging mir das nicht mehr. Du brauchtest mich zu sehr.

Etwas hielt mich jedoch davon ab, mich von *La Terrasse* zu trennen, und: zum Glück. Du warst wie geschaffen für diese Umgebung, genau wie deine Mutter. Wie sie sich als Kind und später als junge Frau in diesem fröhlichen Durcheinander entfaltet hatte! Vielleicht ist es das, was in uns von Spanien noch geblieben ist, dieses Bedürfnis nach Leben um uns herum, nach geschäftigem Treiben, nach Gesprächen, die auch mal stumm verlaufen, nach Geselligkeit, nach Miteinander. Das Café zu behalten bedeutete, dir ein Zuhause zu schaffen, dir eine Gemeinschaft zu bieten, der du angehören würdest, in der du Wurzeln schlagen konntest. Bei den Südfranzosen und allen anderen, die der Canal du Midi zu uns brachte.

Das Café erinnerte uns daran, dass unser Anderssein etwas Kostbares war, wenn wir uns dafür entschieden. Deine Mutter hatte aus ihrer Herkunft eine Kraft erschaffen. Bis sie ihr Zuhause verließ, sprach sie kein Wort Spanisch. Ehrlich gesagt tat ich auch nichts, um sie dazu zu ermutigen. Ich wollte, dass sie Französin war. Aber als sie nach zwei Monaten von ihrer ersten Tournee auf der anderen Seite des Atlantiks zurückkam, sprach sie besser Spanisch als ich. Ich wäre vor Stolz beinahe geplatzt. Wer hätte gedacht, dass eine Aussöhnung auf diesem Weg möglich war. Die Überraschung machte es nur umso herrlicher. Die Lust, unsere Geschichte weiterzugeben, kam erst sehr spät in mir auf. *Qué tontería* übrigens, dass ich mich geweigert habe, dir Nähen und Kochen beizubringen. Ich wollte nicht, dass es dich zu einer Sklavin der Männer machte. Die Gefahr bestand nicht, du bist nicht wie wir, oder genauer gesagt bist du wie wir, nur tausendmal besser. Wir sind Felsen, und du bist Marmor. Es ärgert mich ein wenig, dass ich dir diese Grundlagen nicht beigebracht habe. Wenn du möchtest, werden Madrina und Leonor sich darum kümmern. Zumindest ums Nähen, wenn du Urlaub hast. Sie halten sich noch recht wacker, unsere Dinosaurier, trotz ihrer arthritischen Hände. Jetzt, da ich nicht mehr bin, wirst du ein anständiges Budget für Ausbesserungen und Gestricktes vorsehen müssen. In der Schublade hier findest du auch mein Kochbuch, darin liegen Pappstreifen, die ich immer für meine Einkaufslisten zerschneide. Nimm es. Deine Dumpfbacken von Cousins, diese Pflaumen, werden es nicht benutzen! Ach, was hast du immer gelacht, wenn ich sie so genannt habe … Aber im Grunde gefiel es mir, dass kein Mann bei uns in der Küche aufkreuzte, denn so waren wir unter Frauen, Müttern und Töchtern und konnten uns alles ungeniert erzählen.

Die Kommode habe ich von Pepita bekommen, *cariño*. Ich mochte sie schon immer, denn sie erinnerte mich an die Kommode meiner Eltern. Nachdem Pepita gestorben war, brachte Maisel sie zu mir.

»Hallo, Maisel.«

»Hallo, Rita. Meine Tante ist gestorben, deswegen …«

Gerade wollte ich ihm um den Hals fallen, als seine Frau hinter ihm auftauchte.

»Tausend Dank. Das bedeutet mir so viel …«

Er fiel mir ins Wort. Es war nicht der richtige Zeitpunkt, um ihm mein Herz auszuschütten.

»Wo soll ich sie hinstellen? Wir haben noch ein paar Kilometer vor uns.«

Selbst in diesen zwei Minuten, die unser Wortwechsel andauerte, selbst mit unseren verbrauchten und alternden Körpern konnte ich spüren, dass in ihm die gleiche Glut aufloderte wie in mir. Ich sah ihn nie wieder. Die

Idee, die Schubladen der Kommode mit unserem Leben zu füllen, kam mir wie ein Geistesblitz. Kaum stand ich davor, ließ ich es auch schon zu, dass sie die Erinnerungen an meine Kindheit heraufbeschwor.

Tío Roberto restaurierte sie und stattete die Schubladen wie von mir gewünscht mit kleinen Schlössern aus. Er hatte Hände aus Gold. Er knurrte bei meiner erneuten seltsamen Bitte, würdigte sie aber, indem er die Schubladen in Regenbogenfarben strich. Denn ich will, dass du genau das bewahrst. Unsere Farben. Ich will, dass die Frauen, die deinen Stammbaum bilden, so unterschiedlich, lebhaft und komplex sie sind, dich inspirieren und dir dabei helfen herauszufinden, wer du bist, aus welchen Reisen und Leidenschaften du entstanden bist. Ich will, ich will ... Du siehst, selbst jetzt noch kann ich nicht anders, alles will ich kontrollieren, ich bin unausstehlich. *Ay, Dios*, bis zum Schluss ermüde ich mich noch selbst! Ich will, dass du Nina die Möglichkeit gibst, ihre Stupsnase in unsere Erinnerungskapseln zu stecken, wenn du merkst, dass die Zeit gekommen ist. Diese Schubladen gehören von nun an dir. Es steht dir offen, sie mit eurem Leben zu füllen. Wenn man die Schubladen von Zeit zu Zeit aufräumt, kann man seine Erinnerungen am Leben erhalten, damit sie sich nicht unbemerkt aus dem Staub machen.

Danke, dass du so hartnäckig versucht hast, uns zum Reden zu bringen. Für Nina wird es leichter sein mit einer Mutter wie dir. Du weißt, was du aus uns schöpfen kannst, aber du erkennst auch die Schwächen, vor denen du dich in Acht nehmen musst. Wenn ich dich ansehe, weiß ich, dass ich nicht alles falsch gemacht habe. Dass das Leben letztlich nur mir gegenüber eine *puta* gewesen ist. Jedes Lächeln von dir hat mich für meine Verluste entschädigt und die dunklen Wolken mit einem kräftigen warmen Windstoß fortgeweht. Deine Entscheidungen haben meinem Leben und allem, wofür ich gekämpft habe, einen Sinn gegeben, ohne dass ich dich dazu angeleitet hätte. In dir stecken alle von uns, und trotz unserer Niederlagen und unserer Schwächen bist du ganz und gar reich. Bald muss ich mich auf den Weg machen. Der Krebs hat mich wieder erwischt, und diesmal wird er nicht loslassen. Es hätte zu nichts geführt, wenn ich es dir gesagt hätte. Es hätte uns nur die letzten Monate verdorben, hätten wir mit diesem Damoklesschwert über uns leben müssen, und *mira*, was haben wir stattdessen gelacht!

Weine nicht, stell dir lieber meine Ankunft vor, denn Rafael wartet schon viel zu lange auf mich. Mach dir keine Sorgen, für Opa halte ich auch einen Platz warm. Bedauere nichts. Bedauern verdirbt einem den Rücken. Ich bedauere nichts. Du erinnerst dich sicher, dass ich immer sagte, ich wolle hundert Jahre alt werden. Das war wohl nichts. Aber wenn dieser Wunsch nicht der unwiderlegbare Beweis dafür ist, dass wir unbesiegbar sind! All den Schlägen zum Trotz, die es mir versetzt hat, wurde ich vom Leben doch so reich beschenkt, dass ich bereit gewesen wäre, noch lange weiterzumachen.

Es hat mir Eltern geschenkt, die mich zu Leidenschaft

und Integrität inspirierten, Schwestern, von denen eine dazu da war, mich auf den richtigen Weg zu bringen, und die andere, um mich davon abkommen zu lassen, deine Mutter, deren Frohsinn und Intelligenz mich erfüllten, deinen Vater, dem ich wie einem Sohn helfen konnte, zu einem Mann heranzuwachsen, und der es mir tausendfach zurückzahlte. Und schließlich dich und Nina. Als wollte das Leben mir gratulieren, weil ich all diese harten Prüfungen bestanden habe und nicht daran zugrunde gegangen bin. Als hätte es mir gesagt, von jetzt an und bis zum Schluss wird dein Leben nur noch aus Lachen und Liebe bestehen. Oder beinahe.

Epilog

Ich sitze auf dem Boden mitten im wunderbaren Durcheinander der Schubladen. Manche von ihnen werden ihre Rätsel nicht enthüllen, andere haben alles auf den Kopf gestellt. Draußen höre ich die Vögel zwitschern. Ich bin am Ende meiner Kräfte. Ratlos und zugleich froh, dass diese kleine Inszenierung der Abuela sie mir über ihren Tod hinaus noch ein wenig länger erhalten hat.

Wie mutig von ihr, diese Schlüsselmomente für mich wiederaufleben zu lassen und aufzuschreiben. Ich werde *cojones* brauchen, um alles ohne Urteil zu akzeptieren und ohne die Vergangenheit umschreiben zu wollen. Die Abuela würde sagen, dass ich es schaffe, dass wir aus demselben Holz geschnitzt sind. Unzerbrechlichem Holz.

Ich bin nicht wie sie. Ich habe nicht ihre Kraft, nicht ihre Schönheit, ihren Mut oder ihre Unaufrichtigkeit und auch nicht ihren Brustumfang von 95C. Leider. Nein, Abuela, wir sind nicht aus demselben Holz. Du musstest kämpfen, und ich durfte einfach empfangen.

Eines muss ich zugeben, als der Tag anbricht und ich vor der letzten Schublade sitze, erschöpft von meiner nächtlichen Reise in der Zeitmaschine, fühle ich mich anders. Stärker. Die Abuela und ihre Kommodengeheimnisse sind meine kugelsichere Weste. Diese Freiheit habe ich mir gewünscht, dieses Anrecht auf Wissen, ungeachtet der Konsequenzen. Genau das hat die Abuela mir vermacht. Sie hat mir unsere Familiengeheimnisse offenbart, damit nun ich die nächste Seite beschreiben kann. Sie ist leer, von allem Ungesagten reingewaschen, keine Leichen mehr im Keller.

Keine zwei Jahre hat es gedauert, und schon ist die Seite nicht mehr makellos rein. Als wäre es unvermeidlich gewesen, dass auch ich lüge. Als hätte ich aus der Vergangenheit und von meinen Vorfahrinnen nichts als die Lektion über Freiheit gelernt. Die Freiheit, meine allerschönste Lüge in die Kommode zu legen. Für dich, Nina, *mi niña, mi amor, mi cielo, mi vida, mi mañana.*

Übrigens hätte ich nie gedacht, dass diese Geschichte so gut ausgehen würde. Ich habe sogar die Freude am Tanzen wiedergefunden. Und mein Großvater sein Lächeln. Als Kind tanzte ich für ihn. Abuela für ihren Teil tanzte, um potenzielle Tanzpartnerinnen daran zu hindern, sich beim Fest in Opas offene Arme zu werfen. Ich glaube, sie mochte das nicht. Oder es erinnerte sie an meine Mutter. Oder Abuelo André hatte sie schon so lange nicht mehr als Geliebte, sondern eher als Schwester betrachtet, dass sie nicht mehr wusste, wie sie ihren Körper zum Schwingen bringen konnte. Vielleicht war Abuela eifersüchtig auf die Verbindung, die der Tanz zwischen meinem Großvater und meiner Mutter geschaffen hatte, genau wie zwischen ihm und mir.

Mein Großvater hat jenen ernsten und durchdringenden Blick, den man an Männern bei Tango- oder Flamencoaufführungen sieht. Es ist beeindruckend, wenn er sich mit seinen ein Meter fünfundachtzig und seinen neunzig Kilo Muskeln bewegt. Seine Gesten und Worte haben etwas Feierliches an sich. Wenn Opa redet, werden alle anderen still. Bis auf die Abuela natürlich. Ihr Tod veränderte alles. Opa erlosch. Allerdings nahmen wir zwei uns fest in den Arm, fester als je zuvor. Aber ich konnte nicht in Marseillette bleiben. Das Schicksal hielt etwas anderes für mich parat. Ich hatte in Paris eine Stelle als Psychologin bei einer Organisation gefunden, die unbegleiteten minderjährigen Geflüchteten half. Es war die Gelegenheit, mein Erbe zu würdigen. Das war ich all den Frauen schuldig, die das Schicksal herausgefordert hatten, damit sie mir diese kostbare Freiheit bieten konnten. Dieser Platz war für mich bestimmt. Miserable Bezahlung. Unmögliche Arbeitszeiten. Es spielte keine Rolle. Zwar blieb mein schlechtes Gewissen, weil ich meinen Großvater allein gelassen hatte, vor meiner Wohnungstür zurück, aber die Trauer und der Verlust nisteten sich bei mir ein. Zum Glück dauerte es nur wenige Monate, so lange, bis Lola lautstark in unser Leben trat.

Lola war und ist ein echtes Phänomen! Wie ein Wirbelwind tauchte sie in unserem Leben auf und fegte dabei alles fort. Aus Opas Herz schrubbte sie die Einsamkeit, aus meinem die Sorge um ihn, und dann brachte sie überall Licht hinein. Lola ist der Meinung, dass man sein Schicksal selbst schreibt, man müsse nur die richtige Tinte finden, damit weder Regen noch Wind die eigene, selbstbestimmte Geschichte verwischen. Sie findet, Psychogenealogie sei Blödsinn, und ich müsse aufhören, alles analysieren zu wollen. Sie sagt, ich solle jetzt an mich denken, ich hätte sie schließlich gefunden und sie kümmere sich schon um meinen Großvater. Aber über diese Sichtweise habe ich noch viel zu lernen.

Ich weiß nicht mehr genau, wie ich überhaupt auf diese vollkommen übergeschnappte Idee gekommen bin … O mein Gott, doch, doch, doch! Ich weiß es wieder, ich erinnere mich.

An dem Tag kam mein Großvater mir erschöpft vor. Er war in dieser verdrießlichen Stimmung, nicht erschöpft wie bei einer ordentlichen Grippe, nein, erschöpft von Trübsal, ihn hatte diese Schwermut überkommen, die so stark ist, dass sie uns die Schultern herunterdrückt und uns jeglicher Kraft beraubt.

Ich fragte ihn, warum er nicht öfter seine alten Freunde treffe, und er antwortete mir:

»Sie sind alle tot.«

Seine Augen wurden plötzlich feucht.

Seit Abuelas Tod war er überempfindlich geworden. Ein Schlaganfall, Herzstillstände und lange Wochen im Koma … Ich weiß noch, dass ich dachte: *Also wirklich, in dieser Familie sterben sie wohl gern im Doppelpack!*

Dann widersetzte ich mich. Niemals hätte mein Großvater mich allein gelassen. Er war mutig, das war er wirklich, und es war ihm egal, ob sein Blut in meinen Adern floss oder nicht. Er liebte mich aufrichtig und mehr als alles andere auf der Welt. Wahrscheinlich waren es Hirnverletzungen, die meinen Opa für immer veränderten, oder vielleicht war ihm auch etwas bewusst geworden: Mit zweiundachtzig Jahren begann der ungehobelte Kerl auf freundliche Worte sowie auf Verärgerung zu reagieren wie ein zehnjähriges Mädchen.

Niemals hätte ich das von ihm erwartet. Jedes Mal, wenn ich ihm sagte, dass ich ihn lieb hatte, fing er an zu weinen. Dann tröstete ich ihn, er holte für mich den Wermut hervor, er selbst schwor auf seinen Vin cuit, und wir ließen den Alkohol fließen, bis er uns auf andere Gedanken brachte.

Mit erweichtem Herzen fuhr ich zurück nach Paris und ließ meinen Großvater in der Küche vor dem Radio zurück, den Blick ins Leere gerichtet. Ließ meinen Opa auf das Ende warten.

Auf der Rückfahrt dachte ich an die Familienmitglieder, die weit weg waren. Die riesigen Tischgesellschaften, bei denen man brüllen musste, um sich Gehör zu verschaffen, lagen hinter mir. Hinter uns. Kein Mucks mehr. Keine Düfte. Weder der des billigen spanischen Parfums, das die Abuela sich und uns in die Haare sprühte, noch der von Karamellpudding, der aus ihrer Küche strömte. Dutzende Male habe ich seit ihrem Tod versucht, diesen verfluchten Pudding hinzubekommen. Das Beste daran waren die Bläschen, die bei der Zubereitung entstehen. In meinem Pudding sind sie noch nie aufgetaucht.

Im TGV schlief meine Tochter auf meinem Schoß. Wir saßen neben einem sehr alten kleinen Herrn. Amüsiert und neugierig betrachtete ich aus dem Augenwinkel, wie er seine Ausstattung auspackte. Für die dreieinhalb Stunden, die Montpellier von Paris trennten, hatte er ein liebevoll belegtes Sandwich, einen Flachmann, ein Schweizer Taschenmesser, eine Ausgabe der *L'Indépendant* und … einen *Playboy* mitgebracht, den er sorgfältig in einer Fernsehzeitschrift versteckt hatte, die soeben hinterlistig zwischen unsere Sitze gerutscht war. Dieser Widerling! Ruckzuck ließ der alte Lausbube die Zeitschrift wieder in seinem unschuldigen Rucksack verschwinden.

Meine Wangen prickelten und mein Gesicht nahm die Farbe einer sonnengereiften Tomate an. In meinem Kopf fing es an zu rattern. Und was war mit der Libido meines Opas? Regte sie sich auch noch? Musste ich ihn vielleicht verkuppeln? Während wir fuhren, nahm die Idee Gestalt an. Wie sollte ich vorgehen? Online? Über eine Kleinanzeige? Doch wer wollte schon einen zweiundachtzigjährigen Herrn, der zu weinen anfing, sobald jemand, der ihm nahestand, etwas Nettes zu ihm sagte? Und wenn es nicht funktionierte? Von Liebeskummer würde er sich nicht erholen.

Es war zu riskant. Er bräuchte eine Liebelei mit einer Frau, mit der er reden, mit der er eine schöne Zeit verbringen konnte, ohne sich aber zu sehr zu binden. Mir ging ein Licht auf: eine Prostituierte.

Das brauchte er! Aber sie musste gut sein, in jeder Hinsicht, und liebevoll und aufmerksam. Es war entschieden, ich würde mich für meinen Großvater auf die Suche nach einer Professionellen mit einem großen Herzen machen.

Das Taxi setzte mich am Bois de Boulogne ab. Meine Tochter schlief noch immer auf meinem Arm. Das stundenlange Pilzesammeln mit Opa im Wald hatte sie erschöpft, und das Gespräch auf Spanisch mit dem Mädchen aus dem Bordrestaurant hatte ihr den Rest gegeben. Mir blieben noch zweieinhalb Stunden bis zum Einbruch der Dunkelheit. Als wir ausstiegen, sah der Taxifahrer mich und meine Kleine teilnahmsvoll an. Es brachte mich zum Lachen.

Ich hatte sicher an die vierzig Prostituierte vorsprechen lassen, ehe sich ein paar Meter vor mir Lolas Umrisse abzeichneten. Mit einer schlummernden Prinzessin im Arm lässt sich viel leichter ein Gespräch anfangen. Kaum hatte ich Lola gesehen, wusste ich, dass sie ideal wäre. Voluminöse Kurven, das beruhigt die Männer, und eine Prise Vulgarität, das erregt sie. In den Haaren eine Plastikblume. Nicht irgendeine. Eine Sonnenblume. Außerdem war ich am Ende meiner Kräfte mit der Kleinen auf dem Arm und meinem Koffer, den ich hinter mir herzog, ich musste auf die Zeichen hören, die Gelegenheit beim Schopf ergreifen.

Als ich mich Lola näherte, spürte ich, wie dasselbe Staunen in mir aufstieg wie in Aschenputtel, als die gute Fee ihr zum ersten Mal erscheint. Oder in einem Nomaden, der mitten in der Wüste einen Brunnen mit frischem

Wasser findet. Die braunen Locken tanzten auf ihren Schultern, der Samtstoff ihres altmodischen Kleids umspielte ihre fleischigen Schenkel. Sie trug die Fünfzig mit der Anmut einer jungen Ballerina, ein verblüffender Kontrast zum feurigen Temperament, das sie, so sollte es sich herausstellen, besaß. Ich spürte es, Lola war die Lösung für die Einsamkeit meines Großvaters, genau wie für meine Sorgen. Ich wusste, dass sie die Richtige war, schon bevor sie mich überrumpelte:

»Hey, Kleine, hier solltest du dich besser nicht herumtreiben, pass bloß auf deinen hübschen Hintern auf. Was hast du hier überhaupt zu suchen?«

Ich war so hingerissen, dass ich nicht weiterwusste, also antworteten die anderen Frauen für mich.

»Die junge Dame hier macht ein Straßencasting für die Göttin, die sie ihrem Opa an den Wochenenden kredenzen will. Lustig, oder? Aber ich erspar dir die Einzelheiten! Sieh dir das Mädchen doch an, dieses liebe Gesichtchen … Versuch dein Glück, Lola … Wir anderen sind alle durchgerasselt.«

Ich wagte es:

»Reisen Sie gern? Waren Sie schon mal im Süden? Sonne, Zikaden, fruchtiger Wein, gefällt Ihnen das?«

»Mir gefällt alles, was mich aus dieser Scheißstadt und der verdreckten Luft hier wegbringt.«

»Haben Sie Schauspieltalent? Können Sie bis zur Perfektion lügen?«

»Ich musste mein ganzes Leben lang lügen, um meine Haut zu retten oder die Menschen nicht zu verletzen, die ich liebe. Wenn es darum geht, das Richtige oder Gutes zu tun, kann ich jemandem direkt ins Gesicht lügen. Interessiert sich dein Großvater für SM? Hat er einen Fetisch? Was ist der Plan?«

»Mein Großvater ist zärtlich und feinfühlig, er unterhält sich gern stundenlang bei Vin cuit, er ist außerordentlich sensibel und manchmal schwafelt er. Was den Rest angeht, das weiß ich nicht genau, das würde ich Ihnen überlassen …«

»Au-ßer-or-dent-lich sensibel?«

»Ja. Jedes Mal, wenn ich ihm sage, dass ich ihn liebe, fängt er an zu weinen.«

Die Frauen lächelten stumm, aber beredt.

Das Einstellungsgespräch verlief reibungslos. Auf alle wesentlichen Fragen gab Lola einwandfreie Antworten, und die Fallen umging sie so geschickt wie ein Zirkusäffchen. Keine Frage, sie war bemerkenswert.

Gegen einen Zwanzigeuroschein erklärte sie sich bereit, auf einen Kaffee zu mir nach Hause zu kommen, damit wir gemeinsam die Bedingungen und die Entlohnung für ihre Leistungen aushandeln konnten. Der Gedanke, mit meiner Tochter und ihr allein zu Hause zu sein, hätte mir womöglich furchtbare Angst eingejagt, ich hätte womöglich befürchtet, dass sie mich ausrauben oder überfallen könnte, schließlich war sie zwei Köpfe größer als ich und wog in etwa doppelt so viel wie ich mit meinem Fliegengewicht, aber unter ihrem Aufzug als Prostituierte à la Punk strahlte sie so eine Güte aus, dass ich unbesorgt war. So wie sie sich für meine Geschichte interessierte, vermutete ich, dass sie den Auftrag beherzt angehen würde, wenn sie denn zusagte.

Wir überlegten gemeinsam, welche Identität sie annehmen würde. Ich konnte meinem Großvater ja schlecht sagen, dass ich ihm eine Prostituierte besorgt hatte. Sie wäre Haushaltshilfe und käme ein Wochenende im Monat, um ihm kleine Leckereien vorzukochen, ein bisschen zu putzen und ihm dabei unter die Arme zu greifen, seinen verstaubten Dachboden auszuräumen, der in eine Mietswohnung umgewandelt werden sollte. Ich würde mich um ihre Anreise kümmern, die hundertfünfzig Euro hinblättern, die sie pro Tag verlangte, und sobald die Wohnung vermietet wäre, würde ich mir meine Ausgaben aus den Mieteinnahmen zurückerstatten. Sollte Opa sich auf Lolas Avancen einlassen, kämen pro Geschlechtsverkehr noch einmal fünfzig Euro Zuschlag hinzu. Ich betete dafür, dass Opas Verfassung es ihm nicht gestattete, mehr als einmal in der Woche Sex zu haben, denn so einen Schock würde mein Bankkonto nicht verkraften. Am kommenden Wochenende würden Lola und ich für die erste Begegnung hinfahren.

Opa hatte vor Verlegenheit gerötete Wangen, als er der schillernden Lola die Tür öffnete. Ich sah Lola zu, als säße ich im Theater, und die Verwandlung war erstaunlich. Sie war freundlich, wählte ihre Worte mit Bedacht und spann die rudimentäre Geschichte, die wir uns für sie ausgedacht hatten, mühelos weiter. Ein angenehmer Einklang zwischen meinem Opa und seiner Privatprostituierten machte sich im Haus breit. Ihr Blick streichelte ihn, wenn sie ihn ansah. Lolas Zauber entfaltete bereits seine Wirkung, da hatte sie die stärkste ihrer Zauberkräfte noch gar nicht angewandt. In ihrer Vinylhandtasche mit Leopardenmuster hatte sie eben mehr als einen Trick versteckt. Das wollte sie uns noch am selben Abend beweisen, als sie sich eine Schürze umband und sich hinter den Herd stellte.

»Haben Sie Rosen im Garten, mein lieber André? Am liebsten unbehandelte?«

Ohne es zu wissen, hatte Lola das angesprochen, was sein ganzer Stolz war: seinen prächtigen ökologischen botanischen Garten.

»Aber natürlich! Was brauchen Sie? Ich habe Basilikum, Bohnenkraut, Thymian, ein bisschen Petersilie ...«

»Nein, ich brauche nur etwa zwei Dutzend Rosenblätter. Am liebsten rote.«

Kurz darauf staunte mein Großvater beim Anblick und beim Duft der Wachteln, die in einem Bad aus Rosenblättern dampften. Freudestrahlend sah Lola uns dabei zu, wie wir das Ergebnis ihrer kulinarischen Alchemie probierten, und als es die bevorzugte Zeit für Kamillentee war, ließ ich die beiden allein. Der Kräutertee unter dem in der Abenddämmerung duftenden Feigenbaum war bei Opa der Auftakt für schöne Träume, die Zeit der Vertraulichkeiten, bevor man zu Bett ging. Ich hätte alles dafür gegeben, bei ihrem ersten Tête-à-Tête Mäuschen zu spielen, doch ich musste mich auf den nächsten Morgen vertrösten. Nicht zuletzt, um zu erfahren, welchen Betrag ich auf dem Scheck ausstellen sollte.

Um ein Uhr mittags betrat ich das Haus in der Annahme, ich würde die beiden beim Mittagessen vorfinden.

»Opa? Lola? Ich bin es!«

Kurz kam mir der Gedanke, dass ich womöglich im denkbar ungünstigsten Augenblick hereinplatzte, und beinahe machte ich auf dem Absatz kehrt, da sah ich hinten im Garten Lolas Kleid in der Brise flattern. Lola hängte gerade Wäsche auf, während Opa die Reifen am Fahrrad aufpumpte, und die Sonnenstrahlen fielen durch die Blätter des Feigenbaums und besprenkelten ihre Gesichter mit hellen Tupfen. Ich gab meinem Opa zur Begrüßung einen Kuss und wandte mich dann munter Lola zu, da entdeckte ich ihre zerschrammten Beine.

»Was ist denn mit dir passiert, Lola?«

»Ein Sturz beim Rennen im Spargel, meine Liebe … Wenn du wüsstest, was André und ich heute schon alles erlebt haben!«

Mich interessierte ja in erster Linie, wie pikant ihre Nacht gewesen war, aber ich musste still sein und zuhören. Sie berichteten mir von ihrer romantischen Wanderung auf den Mont Alaric, und Opa stellte nach, wie Lola stuntfraureif gestürzt war. Schließlich stellte sich heraus, dass Opa den Wermut für Lola hervorgeholt hatte, sie die ganze Nacht getrunken und geredet und dann beschlossen hatten, sturzbetrunken im Morgengrauen Spargel stechen zu gehen (der Lieblingssport des Alten).

Wie Opa und Lola anschließend ihren ersten Korb gefeiert hatten, wurde in der Geschichte ausgelassen. Als ich wieder ging, war die überbordende Freude dem sanften Schnurren des Lebens gewichen. Lola las Opa etwas vor, und behutsam wie jemand, der einen Krieg miterlebt hat und auch noch Jahre später nichts verkommen lässt, nahm er jeden Wortschnipsel auf. Vor der Tür fand ich in meiner Tasche einen Zettel mit einer Nachricht:

»Ich mache dir die ersten beiden Wochen zum Preis von einer, wenn ich jetzt schon wieder abreise, gewöhne ich mich nie ein. Das ist aber eine Ausnahme, nur dass du es weißt. Buch du mein Zugticket um, Kleine, und ich kümmere mich um deinen Opa. Lola.«

Bevor ich nach Paris zurückfuhr, wurde ich zum Mittagessen eingeladen. Als Opa mir die Tür aufmachte, erkannte ich ihn kaum wieder. Er war zehn Jahre jünger geworden. Er roch gut nach billigem Kölnischwasser, das er seit Abuelas Tod nicht mehr benutzt hatte. Lola hatte ihre Verkleidung als Kammerzofe aus den Achtzigern abgelegt und sich wieder dem eher zum Bois de Boulogne passenden Kleidungsstil zugewandt, der ihr so gut stand. Wachsam wie ein Luchs lauerte ich auf den kleinsten verliebten Blick, die geringste verliebte Geste, doch mir wurde schnell klar, dass ich zu spät war. Lola und Opa verband bereits eine echte Nähe. Spielerisch changierten sie in ihrer Verbundenheit, mal Vater-Tochter, mal Tagesmutter-Kind oder einfach Mann-Frau, als wären sie hungrig danach, sich aneinander zu bereichern. Angesichts dieses heiteren Glücks erlosch meine Neugier und wich einer vergnügten Erleichterung. Ich hatte so ungeduldig darauf gewartet, meine kleine Rechnung zu erhalten, sowohl aus Angst – dass sie womöglich gesalzen war – als auch aus Voyeurismus, und jetzt bereitete mir nur noch die Vorstellung Unbehagen, dass sie sich als Eingriff in ihre Privatsphäre erweisen könnte.

Die Zeit war gekommen, da Lola zum Anschaffen zu ihren Kolleginnen zurückkehren musste. Ich hatte keinen Cent mehr, um sie zu bezahlen, dabei schuldete ich ihr bereits eine Summe, die genauso ansehnlich war wie Lola selbst. Meine Manipuliererei hatte so gut funktioniert, dass sie mich nun ins eigene Fleisch schnitt. Opa und Lola hatten sich ineinander verhakt wie Kletten. Ich hatte meinen Großvater aus der Einsamkeit gerettet, die mich genauso belastete wie ihn, und er war verrückt nach einer Frau, die ihn gleichermaßen liebte. Ich dankte dem Schicksal, dass es mir Lola geschickt hatte, damit sie Opa sein Lächeln zurückgab; ich hasste mich dafür, es ihm wieder nehmen zu müssen.

Statt zu vermitteln, würde ich das traute Heim zerstören müssen, doch mein Kontostand ließ mir keine Wahl. Völlig niedergeschlagen beschloss ich es anzugehen. Nun verstand ich, was es mit dem berühmten sentimentalen Henker bei Boby Lapointe auf sich hatte.

»Lola, jetzt wo der Dachboden fertig ist … Ich will nicht, dass du umsonst arbeitest, du hast hier schon so viel gemacht … Aber auch wenn deine Preise mehr als freundschaftlich sind, ich habe Schulden, und du kannst nicht ewig in Marseillette bleiben … In ein oder zwei Monaten, sobald ich besser aufgestellt bin, kannst du wieder für ein Wochenende herkommen.«

»Das dachte ich mir schon. Aber weißt du, ich habe lange nachgedacht. Ich möchte hier nicht mehr weg, und ich will André nicht allein lassen. Er braucht mich, und ich brauche eine echte Arbeit. Ich habe mir schon alles überlegt. Gegen Kost und Logis kümmere ich mich um ihn und um das Haus. Und für mein Taschengeld: In der Bäckerei suchen sie jemanden für ein paar Stunden die Woche ... Ich werde deinem Großvater alles sagen, es ist höchste Zeit, dass er die Wahrheit erfährt. Ich vertraue ihm, er wird mir schon verzeihen ... Na ja, wir werden sehen.«

»Ho, ho, ho! Moment mal! Willst du etwa, dass mein Opa mir den Kopf abreißt? Du bittest doch mich um einen Gefallen ... Und jetzt willst du mich verpfeifen?!«

»Erstaunlich, so jung und schon so abgebrüht ... In dir strömen ja ganze Fluten von Ungerechtigkeit und Liebe, dass du dich so dahinterklemmst, das Schicksal zu durchkreuzen. Jedenfalls bravo, du hast mich überzeugt, Kleine. Und jetzt ab mit dir, deine Tochter wartet auf dich, sie platzt bestimmt schon vor Ungeduld. Zumindest, wenn sie so ist wie ihre Mutter ...«

Bevor ich ging, warf ich noch einen Blick auf die beiden. Opa bekam eine letzte Chance, etwas wiedergutzumachen, indem er Lola der Mann war, der er für meine Großmutter nie gewesen war. Ich hoffte, er schaffte es diesmal. Du amüsierst dich da oben sicher köstlich, Abuela, ich habe angefangen, zum Wohle anderer zu manipulieren, genau wie du.

Meine Begegnung mit Lola habe ich in die Kommode gesteckt. Ein Teil des Lebens, das wir gemeinsam haben wiederauferstehen lassen. Für die Abuela. Für Nina. Für den Rest unserer Sippe. Für alle, die das Geheimnis auffrisst. Die sich nur verankert fühlen, wenn sie in Bewegung sind. Jene, deren Seele und Identität auf der Reise verloren gegangen sind. Jene, die nicht wissen, was es bedeutet, ein Leben zu führen, das nicht das eigene ist. Jene, die es nur zu gut wissen.

Denn ich weiß, was für ein Glück es ist, sein Leben auf einer Vergangenheit aufzubauen, sei sie ebenso reich an Verletzungen wie an Freude, an bestandenen Prüfungen wie an kleinen Wundern.

Und weil eine Kommode, die man streng bewacht und gut befüllt, die Fantasie von Kindern ungemein beflügelt.

Dank

An meine gute Fee Olivia de Dieuleveult.

Literatur

Federico García Lorca, Bluthochzeit. Aus dem Spanischen von Rudolf Wittkopf, Suhrkamp 1999.

Pablo Neruda, Ich bekenne, ich habe gelebt. Aus dem
Spanischen von Curt Meyer-Clason, Luchterhand 1997.